なれの果ての、その先に

沙野風結子

キャラ文庫

この作品はフィクションです。
実在の人物・団体・事件などにはいっさい関係ありません。

目次

口絵・本文イラスト／小山田あみ

プロローグ

なま温かい空気がトンネルから押し出されたかと思うと、ずっしりとした銀色の車両が駅のホームへと滑りこんできた。ホームドアが開き、乗客が吐き出されては吸いこまれ、車両はまた重たい風を巻きながらトンネルへと消えていく。

高瀬基彬(たかせもとあき)はベンチに腰かけ、透明なホームドアへと見るともなく視線を落としていた。

いかにもキャリア官僚らしくオールバックに整えた髪はしかし、対向式ホームを出入りする車両の起こす風にいくらか乱され、前髪が額に幾筋か流れかかっている。同僚から能面と陰口を叩(たた)かれるひんやりした印象の顔の目許(めもと)には、隠しきれない疲労の陰が漂い、全体的に色素が淡い彼の容姿を灰色にくすませていた。

上質なスーツの下、肩と背からも力が失(う)せている。

肉づきの薄い唇が漏れるような溜(た)め息(いき)を、細く長くつく。

……つい一時間ほど前、離婚届けが受理されたというメッセージが妻——元妻の芙未(ふみ)から送られてきた。三十歳で入籍して三十二歳で離婚。たった二年の結婚生活だった。

芙未が不倫相手に本気になったのだ。財産分与はなく、もうすぐ二歳になるひとり娘は芙未が育てるということで話がまとまった。

基彬は芙未を詰(なじ)らなかった。思い返せば、短い交際期間でも結婚生活でも、詰った記憶が一度もない。彼女の父が経済産業省事務次官という、その組織に属する自分にとっては最上級の上司だということも感情をぶつけなかった一因ではあっただろう。だが、それだけでは決してない。

この離婚には、自分自身にも大きな原因があったと自覚している。

むしろ結婚を決めたときから破綻の種がいくつもあったにもかかわらず、見て見ぬふりをして前に進んでいるふうを自分にも周囲にも装ったのだ。

誰の目から見ても明らかな、完璧なエリート街道を歩んでいくために。

——失った……。

妻子を失った。事務次官は娘を溺愛しているから、これで出世も閉ざされることだろう。

物心ついたときからひとつひとつ積み上げてきた「完璧な自分」が瓦解していくさまを、基彬はなすすべもなく、ただただ凝視する。

溜め息が漏れ出るたびに身体(からだ)がどんどん重くなり、かたちを失って、硬いベンチへと沈みこんでいくかのようだ。足に力を入れてみるが、床を踏み締める感触すらない。これまでどうやってこんな足で歩いていたのか……。

もうどうやっても立ち上がれないのではないかという恐怖に苛(さいな)まれながら基彬は眼球を蠢(うごめ)かせ――ふいに視線を強く引っ張られた。

線路を挟んだ向かい側のホーム、ベンチに座る男が、まっすぐこちらを見詰めている。その黒々とした眸(ひとみ)に引っ張られたのだと、数拍置いてから気が付く。

不可思議な存在感のある男だった。

座っていてもかなり長身なのがわかる。

やや光沢のあるインディゴブルーのシャツに黒いスラックス、ノージャケットでシャツは裾を出して首元のボタンを開けている。シンプルすぎる格好だからこそ、ストイックに鍛えられた肉体の質感がなまめかしいまでに伝わってくる。

髪は無造作なショートで、顔の輪郭や首元はしっかりと力強い。顔立ちにはなにかの鍛錬を積んだ者特有の頑(かたく)なな無骨さと、奇妙な艶っぽさがある。

混ざることのない硬さと色香が、その男には備わっているのだ。

得体の知れないものを目にしているかのように、寒気にも似たものが基彬の背筋を這(は)いのぼり、項(うなじ)から後頭部までを強く痺(しび)れさせていた。

遠く、目が合いつづける。

息苦しさを覚えて深く呼吸をしたとたん、トンネルから空気が押し出された。

こちらと向こうのホームに、ほぼ同時に車両が滑りこむ。

ふたつの車両が去ってふたたび視界が通る。

男の姿は消えていた。

基彬は眼球に軋(きし)む痛みを覚えて、思い出したように瞬きをした。足に力を入れてみる。立ち上がることができた。ぎこちない動きで階段をのぼり、改札口を出る。

雨でも降るのだろうか。春にしては夜風がねっとりと湿気っている。

駅からほど近いタワーマンションへと帰宅する。

電気を点(つ)けないままリビングのソファに尻餅をつくように腰を落とす。開け放たれたカーテンに縁どられた大きな窓には、虎(とら)ノ門(もん)の夜景が広がっている。

二ヶ月前まではここにこうしていても、別室で眠る妻子の気配を感じることができていた。

今日もなんとか完璧を維持したと、安堵(あんど)を覚えることができていた。

その安堵が空洞のうえに浮かんでいるだけだとわかりつつも……。

『なぁ、高瀬。完璧に拘(こだわ)りすぎると壊れるぞ?』

かつての同期の言葉が耳の奥をよぎる。

「そのとおりだな…」

空洞をどこまでも堕(お)ちていく感覚に目を閉じる。

インディゴブルーの男が瞼(まぶた)の裏に浮かんでは消えた。

1

経済産業政策局局長と直属の課長に離婚の報告をし、所定の事務手続きを終えて一週間がたった。

高瀬基彬（たかせもとあき）課長補佐の離婚は、すでに経産省職員すべての知るところとなっている。

「しかしさ、高瀬が御園（みその）事務次官のお嬢さんを落としたときは、もう大騒ぎだったよな」

「これで高瀬に何馬身も差をつけられたって思ったけど、こういうことになるとはね」

「そういえば、デキ婚だったんだっけ？　式挙げてから、半年ぐらいで生まれてたよな」

「あの結婚式も披露宴も凄（すご）かったな。総理やら経団連会長やら揃（そろ）い踏（ぶ）みで」

「秘書から聞いたけど事務次官はこのところ、ずっと不機嫌だったらしいぜ」

「そりゃ溺愛してる娘をないがしろにされたら怒るだろうよ」

「あー、七月の人事、高瀬さんヤバいかもな」

同僚たちのそんなやり取りが、基彬の耳に日に何度も流れこんできた。わざと聞こえるように言っているせいだろうが。

基彬はいつもどおりの能面を貫いていたものの、部下の小久保はいちいち憤慨して眉間に皺を寄せる。基彬のデスクの横に立った小久保が小声で言ってきた。

「ちょっとあいつらにタックルかけてきていいですか？」

こちらをちらちら見ながら雑談している職員たちに、小久保がいかつい顔を向けてファイティングポーズをとる。大学時代はラグビーに明け暮れ、官僚にならなかったら自衛官になっていたと言うだけあり、なかなかの迫力だ。

雑談の輪が崩れると、小久保はフンと鼻を鳴らして隣の席に戻った。

「だいたい、キャリアの離婚なんて珍しくないじゃないですか。高瀬さんみたいに仕事に手を抜かない人ならなおさらですよ」

離婚理由については口外していないため、小久保は基彬の多忙による擦れ違いが原因だと考えているのだ。

小久保に限らず、誰も基彬サイドの不倫を疑わないあたり、浮かれた色恋に走らない堅物という印象は一貫しているらしい。

だからこそ基彬と御園芙未との結婚は、省内で凄まじいまでの驚愕と嫉妬の嵐を巻き起こしたのだが。

当時、独身キャリア組の男の多くが、出世を約束してくれる女神を狙っていてアプローチを重ねていた。それをまったくのダークホースが掠め取っていったわけだ。

「特に『パラシフ派』にとっては、私の仕事の仕方自体も面白くないんだろう」

苛立った様子で小久保が返してくる。

「仕事の仕方については、パラシフ派はなにも言う権利ないでしょう。ここのところ仕事を手抜きしてでもマスコミ関係者と飲みに行ってるじゃないですか。マスコミを利用して国を変えるんだとかなんとか言って。そういうキャリア組の皺寄せを食らってるノンキャリア組が気の毒ですよ」

もうだいぶ前から、若手官僚のなかで鬱屈を募らせている者が多くいる。

いまこそ自分たちが国を立て直すために舵を切らなければならないと意気込んでいるものの、なかなか思うように身動きが取れないからだ。

特に経済産業省は視野の広い調整力のある人材を好んで採用して、ベンチャーの才覚を育てる方向性であるため、改革の気運がことさら高まり、不満は臨界点に近づきつつある。

官僚仕事に限界を感じて見切りをつけ、転職したり起業したりする者はあとを絶たない。

現に基彬の経産省キャリア組の同期四十人のうち、九人はすでに別の道を歩んでいる。外資系のトレーダーとして名を馳せた者もいれば、海外のコンサルティング企業に転職して大成功を収めた者もいる。彼らの活躍は国内外のトピックとして経済誌でもオンラインの記事でも取り上げられており、目にする機会がよくある。

そういう元同僚たちの眩しい姿には、基彬ですら落ち着かない気持ちになったりする。

社会全体の価値観の変革を官僚が牽引してパラダイムシフトを起こすことを目指す「パラシフ派」を名乗る若手官僚たちが焦燥感を募らせて浮き足立つのも無理はない。

「俺は高瀬さんの仕事ぶり、とてもマネできないって思ってます。一年目二年目、俺は通商政策局配属でしたけど、高瀬さんもそうでしたよね」

「ああ」

だいたい二年ごとに異動となるが、新人のころは家にも帰れない日が続くほどハードだった。

「二年目で国際会議の仕切りをいくつも任されて、どれも見事にこなしたって伝説、何度も聞かされましたよ」

「同期に助けてくれる奴がいたからだ」

完璧でなければならないと自分を追いこみすぎて倒れたときに介抱してくれたのも、その同期だった。

「俺なんか国際会議の仕切りするときに声も足も震えて、憐れまれてましたよ。高瀬さんみたいに隙がない完璧な仕事、真似しようったってできませんから」

「……完璧、か」

基彬は薄い苦笑を口許に滲ませる。

「なにをもって完璧というんだろうな」

自分なりに思い描いてきた、あるべき官僚の在り方。あるべき男としての在り方。あるべき夫としての在り方。あるべき親としての在り方。あるべき……。

強迫的に自分を追いこんで、それらの型に嵌まるように生きてきた。

けれども型を失ったら、自分のなかにはなんの信念も情熱もないのではないか。

……本当の自分などというものは無価値なものとして、目をそむけ、くびき殺してきたのだから。

政策立案の書類の確認作業に戻りながらも、空洞を堕ちていく感覚がずっと続いていた。


自宅タワマンは経産省の庁舎から一キロほどのところにあり、いつもは徒歩で通勤している。しかし基彬は一週間前からそうしているように霞ケ関駅から地下鉄に乗った。自宅に戻りたくなかった。

離婚届けが受理された一週間前は、ぼんやりしたままつい自宅最寄り駅の虎ノ門ヒルズ駅で降りてしまい、そのままベンチで動けなくなったが、今日は日比谷線に乗りつづけて六本木で降りる。

連泊しているホテルの、最上階にあるバーに直行した。

夜景に目を向けることもなく、バーボンをストレートで何杯も飲み干していく。身体中にジンジンとした痺れが拡がったところでバーをあとにして、エレベーターに乗りこんだ。頭も瞼も重たい。顔を俯けたまま宿泊階のボタンを押す。いったん閉じかけたドアが開いて、男が乗りこんできた。どうやら同じ階の宿泊客らしく、彼が押したのは「閉」のボタンだけだった。

このところよく眠れていない身体にアルコールは覿面に効いたらしい。エレベーターを降りて部屋に辿り着くまでのあいだに幾度も足がもつれた。

客室ドアのセンサーにカードキーをかざしてロックを解除する。ドアノブに手を伸ばそうとして——基彬は目をしばたたいた。

ドアノブがすでに握られていたのだ。自分のものとは違う、厚みも幅もある手だ。

振り返ろうとしたが、その前にドアが開けられて部屋へと押しこまれた。また足がもつれる。壁に手をついてなんとか転倒を免れながら、基彬は険しい視線を背後へと向けた。

「なんなんだ、君はっ」

壁のスイッチにカードキーを挿した男の姿が、点灯したライトにパッと照らし出される。

銀色のアタッシェケースを手に提げたスーツ姿の男だった。

身長は百七十七センチの基彬が見上げるほどある。ジャケットの首筋から肩にかけてのラインを見るだけで、肉体がよく鍛えられているのがわかる。服装はビジネスマン風だが、なにか違和感があった。

酔いのせいで定まりきらない視線を男の顔へと向ける。

「……ぁ」

脳が強く痺れた。

――この男を、知ってる？

アルコールに記憶を阻害されながらも思い出そうとしているうちに、乱入者は基彬の横を抜けて勝手に部屋へとはいっていき、ベッドの足元側の縁へと腰を下ろした。

片手でゆったりと後ろ手をついてこちらを見返す男からは、硬質さと爛れた色香とが、入り混じらずに漂う。

くっきりしたかたちの目には黒々とした眸が嵌まり、鼻筋は太めで、唇にはしっかりとした膨らみがある。意志が強いようにも投げやりなようにも見えて、捉えどころのない不可思議な印象だ。

――不可思議な……？

脳裏でインディゴブルーが明滅し、視界がふいにクリアになったような感覚が訪れた。

――あの男だ。一週間前、メトロのホームにいた。

思い出せはしたものの、まったくすっきりしない。

むしろ、あの男がいまこうして目の前にいることの異様さが際立っていた。

「どうして、ここにいる？」

呟くように問うと、男がわずかに口角を上げた。

「仕事終わりにバーで飲んでたら、あんたがいた」

「そんな偶然があるか？」

「あるんじゃないか？」

絶対にないとは言いきれないが、納得もできない。

それにいずれにしろ、こんなふうに乱入してくる男を問いただしたところで、まともな答えが返ってくるとは思えなかった。

この状況でなすべきことは、いますぐ男を部屋から追い出すことだ……そう考えながらも、ベッドの横に置かれたアタッシェケースに目が行く。この正体不明な男はなにをもち歩いているのだろうか。

基彬の視線に気づいた男が、先回りして答えた。

「仕事道具がはいってる」

とっさに銃器が思い浮かんだ。

――仕事終わりに飲んでたと言ってたな…。

男が狙いを定めて銃を撃つ姿がリアルに想像できて、鳥肌がたつ。

――……呑みすぎだな。

さすがに殺し屋というのは荒唐無稽だし、万にひとつ殺し屋だったとして、自分のところに来る理由がない。

いまの自分は、経産省事務次官の義理の息子ですらない。キャリア官僚とはいっても若手であり、これといった権力もない。そんな自分を狙う者がいるとすれば……。

「押しこみ強盗、か？」

酔いのせいで思ったことが口から出てしまっていた。

みるみるうちに男の顔が曇っていく。

空気が張り詰め、男がジャケットの内側にゆるりと手を差しこんだ。その仕草がホルスターから銃を抜くさまを彷彿(ほうふつ)とさせる。基彬は目をきつく眇(すが)めて身を硬くした。

ジャケットから抜かれた右手が、こちらへとまっすぐ向けられる。

「自分はこういう者だ」

思わず閉じそうになった瞼を上げる。

男が手にしているのは、名刺だった。

肩透かしを食らいつつ、男の正体を確かめておきたくて、基彬はできるだけ距離を空けたまま名刺を受け取った。

シンプルな白い横型名刺には、左上にClub Rad Jinxという文字があり、中央にはＴＡＳＫと記されていた。

「タスク？」

「源氏名というやつだ」

要するに、Club Rad Jinxという店で、水商売をしているということか。

しかし仕事上がりにホテルにいるということは、店舗型ではないのかもしれない。

「デリバリーか？」

尋ねると男が頷いた。

デリヘルの送迎ドライバーならば用心棒を兼ねていると聞くし、男の風体から納得できなくもない。ただ、ドライバーも源氏名を使うものなのかは、これまで風俗と名のつくものを利用したことがないせいもあり、わからなかった。

そもそも、ＴＡＳＫ——仕事、などという名を選ぶのも妙なセンスだ。

基彬は改めてタスクを眺めた。

「面倒な客の対応をするのには、そのぐらいの身体だといいんだろうな」

「まぁ、勘違い客は多いな」

デリヘル嬢もこれだけ強そうな男が守ってくれるなら、安心できることだろう。

基彬は名刺をタスクに返そうと差し出した。

「君に女の子を連れてきてもらうことはないから、これは受け取らないでおこう」

「女の子？」

「デリヘルドライバーなんだろう？」

タスクが手を伸ばしてきた。その手に名刺を渡そうとすると、しかしジャケットの腕をグッと掴まれて引っ張られた。酔いで踏ん張りが利かずに大きくよろける。思わず男の肩に左手をついて、身体を支えた。

　手指の長さひとつぶんの距離で視線がぶつかる。

「ドライバーじゃない。キャストだ」

「え？」

「デリヘルのキャストをしてる」

「――……」

　殺し屋だと名乗られたほうが、まだ現実味があるのではないか。

「君が、身体を売る、ということか？」

「オナクラデリバリーで、自分の場合は本番なし、じかの奉仕もなし、だ」

「オナクラ？」

「知らないのか？　オナニークラブ」

「風俗には詳しくない」

「ああ、そんな感じだな」とタスクが口許を緩める。無骨さのなかに甘さが漂う。

「自分が、あんたの自慰を見るサービスだ」

　言っている意味をまったく理解できずに無反応でいると、タスクが笑みを深くした。

「自慰できるネタを提供はする」

「――けっこうだ」

上体を起こそうとするとしかし、タスクが脇腹を摑んできた——とたんに激痛が走る。

「う…」

スーツごと脇腹を抉(えぐ)り取ろうとしているみたいな握力だ。

「思ったとおり、いい表情をするな」

苦痛に歪(ゆが)む顔を観察される。

「冷たくてお堅そうなのに、どうしようもなく弱ってて——どんなふうに崩れるのか見てみたくなる」

「放せっ」

脇腹を摑む手を外そうとすると、その前にタスクは手を引いた。

後ずさる基彬の脚が、壁際のデスクにぶつかる。

「出ていけ」

「まだ仕事をしてない」

「君に仕事を頼む気はないと言ってる」

「でも、男が好きなんだろ？　ホームで目が合ったときにわかった」

首を絞められているかのように息が詰まった。

反射的に首を横に振り、左手を相手に見せる。

「私は結婚を」

薬指の指輪を一週間前に外したことを思い出し、言葉で防御する。

「結婚をしていた。子供もいる」

「だからなんなんだ？」

タスクが目を細めて攻めたてる。

「女とできたとしても、男が好きだって事実は変わらない」

「――違う」

心臓が喉元までせり上がってくる。

タスクが自身のネクタイの結び目に指をかけて斜め下へと引き緩めながら言う。

「違うなら、証明すればいい」

「証明？」

「男に興味がないなら反応しないだろ」

ネクタイが引き抜かれ、ワイシャツのボタンがふたつ弾くように外される。逞しい首元が露わになる。タスクがわずかに首を傾げるようにすると、首に太い筋が自然に浮き出る。それだけで、まだ隠されている部分への筋肉の流れを想像させた。

「それを君に証明する必要はない」

「反応しない自信がないわけだ？　男が好きだから」

その露骨な煽りに乗ってしまったのは、アルコールが回っていたせいなのか、精神状態が極度に悪化していたせいなのか……。

「勝手にしろ」

デスクに腰を預けて腕組みし、冷たく蔑む視線をタスクに向ける。

するとタスクが笑いに広い肩を震わせて、ジャケットを脱ぎ、ベッドのうえに放った。白いワイシャツにインナーは透けていない。じかに一枚着ている状態だ。

ワイシャツとスラックス越しにも、肩周りや腰つき、腿の張りが見て取れる。

駅の対向ホームで見たとき、遠目にも優れた体軀をもっているのが知れたが、こうしてその気になれば触れる距離で見る姿は、格段に鮮やかで扇情的だった。

タスクが項に左手を置いて、こちらを見上げる。

計算されたポーズのようでありながら、どこか羞恥を押し殺しているような悩ましさがある。媚びのない目つきといい、さっぱりした短髪といい、過剰に自分を飾ろうという気はないらしい。

――……本来はデリヘルをするような男じゃない。

それが確信として感じられた。

見たところ、年は三十に届いていないだろう。

どういう経緯で風俗に身を堕とすことになったのか……そんな考えを転がしていると、タスクが項の手を右胸へと斜めに這い下ろした。

厚みのある胸部を手指が通りすぎるとき、ワイシャツの胸に尖りが浮き上がった。ほんの一瞬のことだったが、基彬は項にビリッとした痺れを覚える。

胸を通り過ぎた手がベルトにかかり、右手で後ろ手をついたまま左手だけでバックルを外した。スラックスのウエストのボタンが開けられ、ファスナーが半分ほど下ろされる。

ひどく落ち着かない感覚に、基彬は咎める声で問う。

「いつも男相手にこんなことをしてるのか？」

「客は女もいる」

「どっちでもいいのか」

「相手が誰でも仕事をするだけだ」

その目には、硬質と自棄が入り混じっている。

「その仕事が好きなのか？」

タスクが左の袖口を口許に寄せ、唇でスウィブル式のカフスの留め具を外す。外れたカフスは床へと転がり落ちた。右のカフスも同じように外される。

「あれこれ訊くのは、興味があるのか、興奮を誤魔化そうとしてるのか、どっちだ？」

「……、単なる興味だ」

「興味はもってくれてるわけだ」

どちらの答えでも自分に有利なように質問を設定するあたり、この男はどうやらハリボテでなく、頭も回るようだ。

苦い気持ちで押し黙る基彬に、タスクが目を細める。

三番目のボタンを外した手が、今度はワイシャツを肌に押しつけるように右の首から肩までを這う。そこについた筋肉の盛り上がりを見せつけてから、右胸をゆるりとまさぐる。また乳首の隆起がシャツに浮かぶ。

指先がピクリと反応して、基彬は腕組みをほどいて両手を握り合わせた。掌がじんわりと湿っている。

「それで焦らしてるつもりか？」

声に苛立ちが滲んでしまう。

タスクがにやりとして、手を右胸から下腹部へと流し、ファスナーをすべて下ろした。下着に包まれた膨らみが、開けられた場所から覗く。透け感のある黒い布地の立体になっている部分に、薄っすらと性器が透けている。

黒い眸がまっすぐこちらに向けられる。

「どっちを見たい？」

左の乳首を親指と中指で摘まみながらタスクが問う。

「……男の身体は自分で見慣れてる」

選択を拒否しながらも、重ねている掌はドクドクしていた。

「どっちも見たくない、とは言わないのか」

「——」

どっちも暴いてやりたい。

これまで頑なに目をそむけてきた同性に対する願望を掘り起こされていた。

その願望を知っているのは自分自身と、一度だけ関係をもってしまった相手だけだった。ほかには決して知られないように、密封して、自分の奥深くに隠してきたのだ。

——それなのに、どうしてこの男は……。

基彬の願望を見透かして、弱りきっているタイミングで押し入ってきた。

タスクが指先を擦り合わせて乳首を刺激し、凛々しい眉をひそめる。快楽と嫌悪の混ざった表情だ。

ファスナーのあいだから溢れた下着の前がわずかずつ膨らんでいく。

基彬は指先が反るほどきつく両手を握り合わせた。

そうしていないと手を伸ばして、胸も性器も、隠れている部分をすべて暴いてしまいそうだった。

ワイシャツのボタンが、ゆっくりとひとつずつ外されていく。張った胸部、みぞおちのへこみや割れた腹部が、縦に切り取られるかたちで覗く。

顔では冷ややかな能面を保ちながらも、基彬はドクドクとした脈動を身体中に感じる。項がピリピリしつづけている。

焦らされきって、喉がひくりとした。

それを合図にしたかのように、タスクがふいに布地をぐしゃりと握ったかと思うと、一気に左肘のところまでワイシャツを拡げ下ろした。

基彬の握り合わせた手が、自制できずに小さく跳ねる。

見せびらかすための筋肉とは違う。機動力と防御力を備えたしなやかな筋肉の束が、骨格のうえに見事に積み重なっている。それはタスクという人間の精神のかたちを映しているもののように思われた。

そんな機能性を追求した肉体のなか、しかし露わにされた乳首は不釣り合いなほどぽってりとしていて、彼が爛れた仕事に従事していることをなまなましく伝えてくる。

腰骨のあたりから下着のなかへと流れる強い筋を思わず視線でなぞってしまい、苦しげに下着を押し上げている陰茎を目にする。

「…っ」

下腹部の器官に痛みにも似たものを覚えて、基彬は眉間を震わせて目をきつく閉じた。頭の芯がぐらぐらして、身体中が熱んだように熱い。その熱をなんとか散らそうと試みていると、すぐ近くから声がした。

「反応したか?」

目を開けると、タスクが目の前に立っていた。すでにスラックスのファスナーは上げられていたが、ワイシャツの前は開いたままだ。

麝香の籠もった香りがほのかに漂う。

基彬は握った両手で下腹部を守りながら返す。

「君が勝手にパフォーマンスをしただけだ。終わったなら出て行ってくれ」

「反応してないなら見せられるだろ?」

「そんな義務はない」

「力ずくで確かめられたいか?」

この男ならば、週に一度ジムに行けたら上出来という生活をしてきた官僚など、容易に捻じ伏せられるに違いない。それこそ裸に剥いて恥辱的な姿を撮影して、金を強請りつづけることも可能だ。

そうしないのは、あくまで「仕事」として線引きをしているからなのだろうか。一回分の仕事の稼ぎのために、羽振りのよさそうな外見の男に飛びこみ営業をかけた、というのは考えられる線だ。偶然の再会という部分は、どうにも違和感を拭いきれないが。

——とにかく、下手に刺激しないでこの場をやり過ごすのが正解だ。

基彬は下唇の内側を噛むと、握っていた両手をほどき、ジャケットのボタンを外してスラックスの下腹を露わにした。

タスクがそこへと視線を這わせ、黒い眸を湿らせた。

そして満足げな低い声で言う。

「自分の身体を気に入ってもらえてよかった」

「金を払えばいいのか?」

ジャケットの前を閉めながら、基彬は感情を消した声で問う。

「いくら払えばいい?」

多少の金をドブに捨てても、これで終わらせられればいい。

「今日はお試しだから無料でいい。仕事を完遂してないしな」

仕事を完遂するというのは、基彬の自慰を見ることだ。

そんなことをするわけがないだろうという言葉を呑みこむ。目的を遂げるためなら本心を包み隠すのが官僚の本分だ。

いまの目的は、一刻も早くこの男に出て行ってもらうことだった。

タスクが床に落ちている名刺を指差す。

「指名したくなったら、いつでも連絡をくれ」

「そうしよう」と口先だけで答えると、タスクは踵(きびす)を返して服の乱れを直し、ネクタイを雑に結んでジャケットを羽織った。

これで出て行ってくれると安堵したのだが、しかしタスクはふたたび基彬の前に立って、手を差し出した。

「あんたの連絡先をもらっておく。携帯番号でも名刺でもいいが」

また逃げ道のない選択肢だったが、名刺は絶対に渡すわけにはいかない。

携帯番号を教えると、「またな」と言い残して、ようやくタスクが部屋を出て行った。

オートロックのドアが閉まったとたん、基彬はその場にずるりとしゃがみこんだ。

なんとか冷静であろうとして抑えこんでいた酔いと混乱が一気に爆発し、ズキズキする頭を両手で挟み、圧迫する。

「……どうして、こんなことになった？」

下腹部の器官が、痛いほどに脈打っている。

懸命に目をそむけてきた同性への欲望を、得体の知れない男にいいように取り出されて、目の前に突きつけられた。

同性愛者であること自体が欠陥だとは思わない。他人のことであれば、特に肯定の気持ちも否定の気持ちも動かない。

しかし、「タカセモトアキ」がそうであっては絶対にいけないのだ。

その致命的な弱点がタスクによって外界にもち出されたことを改めて考えると、居ても立ってもいられない気持ちに駆られた。しかも、あの様子だとまた接触してくる可能性が高い。

——このまま放置していいのか？

基彬はドアを血走った目で睨む。

いまからでも追いかけて、口外できないようにするべきなのではないか。

――でも、どうやって？　殺しでもするつもりか？

それもいいかもしれない。

すでに自分は完璧な在り方を失ったのだ。それならいっそ、徹底的に堕ちればいいのではないか……。

「完璧でないなら、生きている価値がない」

子供のころから繰り返し自分に言い聞かせてきた言葉が、口から漏れる。

完璧とは、ゼロか百か、なのだ。

あれだけ恵まれた肉体をもつ男をどうすれば消せるだろうかと考えを巡らせながら立ち上がる。床を踏んでいる感覚が薄いままドアへと向かう。

ドアノブを震える手で摑んだとき、記憶のなかから声が甦った。

『なぁ、高瀬。完璧に拘りすぎると壊れるぞ？』

同じ人の声が、甘く囁く。

『酔ってるんだな。いまだけはなにも考えるな』

足腰から力が抜けて、基彬はドアノブを摑んだまま崩れるように両膝をついた。

2

国会会期中は政治家の答弁の作成に追われることもあり、休日出勤も当たり前だ。その日曜日も基彬は登庁し、与党議員との答弁の擦り合わせの最終確認をおこない、午後二時過ぎに庁舎をあとにした。

そして、その足で北鎌倉にある実家へと電車を乗り継いで向かった。

前に実家に帰ったのは、ちょうど一年前の今日、五月二〇日だった。

横須賀線に揺られながら、基彬はジャケットのポケットから指輪を出し、左手の薬指に嵌めた。母には離婚したことを隠さなければならない。

この細いリングが、いかに自分の完璧さを保証してくれていたかを思う。

一ヶ月前、ホテルでタスクという男と対したとき、それを痛感した。もしあの時、このリングを嵌めていたら、強気に嘘を押し通すことができたのではないか。

——しかし、あんな風俗サービスが本当にあったとはな。

オナニークラブ、通称オナクラというものをネット検索したところ、タスクが説明したとおりのサービスを提供する風俗だった。キャストの女性に見られながら客の男が自慰をするというのが元来のオナクラらしいが、いまではキャストが手などで奉仕をする形式に変更しているところが多いらしい。

タスクの「自分の場合は本番なし、じかの奉仕もなし、だ」という言葉が本当なら、元来のサービス内容に近いわけだ。

いつスマホにタスクからの連絡がはいるかと恐々としながら過ごしていたが、いまのところなんのリアクションもない。

こうして思い返してみても、あのホテルでのことは突拍子がなさすぎて、アルコールが見せた悪夢だったのではないかと疑いたくなる。しかし、彼がホテルの部屋に置いていった名刺や一対のカフスボタンが手許にあるからには、現実だと認めざるを得ない。

タスクは、メトロのホームで見かけたときの印象と違わず、不可思議な男だった。

性的に煽る様子からして風俗に沈んでいるのは確かなのだろうが、肉体はあくまで実戦的に鍛錬されていて、「自分」という一人称もどこか硬派だった。自身のペースに人を巻きこむ強引さや、さりげなく相手の逃げ場を奪っていく話術からして、まっとうな仕事に就いても結果を出せるに違いない。

ストリップをしてみせながら快楽と嫌悪を滲ませる男の様子が思い出されて、基彬は背骨に甘苦しさを覚える。

いったいどんな経歴を辿れば、タスクのような人間が出来上がるのだろうか？

これまで基彬が出会ったことのある誰とも、彼は重ならなかった。

……この一ヶ月、タスクから連絡がくることを懼れつつも、裏腹に、彼のことを心で転がしつづけている。

電車が停まる。北鎌倉の駅に着いていた。

馴染み深い駅に降り立つと湿度の高い空気がまとわりついてきた。気持ちと身体がずしりと重くなる。

駅の改札を出てから、まずは墓苑へと向かった。六歳うえの兄が眠る高瀬家の墓に参ってから実家へと、竹垣の道を通り、坂をのぼる。鬱蒼とした緑にいだかれて佇む日本家屋の門前で立ち止まり、基彬は左手薬指のリングを見詰めながら自身に言い聞かせた。

「私は、タカセモトアキ、だ」

この家で生まれ育ち、いまは経産省の花形部門に勤め、経産省事務次官の娘を妻にもつ――その完璧なタカセモトアキをこれから二時間のあいだだけ演じきるのだ。それですべてがうまくいく。

門をくぐって、玄関の格子戸を横に滑らせる。

「ただいま」

無垢材を敷き詰められた小暗い廊下に向けて声を張ると、パタパタと足音がして、普段は着ることのない藤色の留袖のうえに割烹着を着た母が小走りで現れた。その後ろを、まるで子供が転ばないか心配するかのように、慌てた様子で父がついてくる。

「ああ、モトアキさん、お帰りなさい！」

母は胸の前で手を揉み合わせ、息子の帰宅に小躍りする。

「ね、よく顔を見せて。あら、少し痩せたんじゃないの？」

その指摘に、父の顔がサッと曇った。

父には離婚したことを報告してあり、今日はそのことを母に隠す共犯者なのだ。

「ほら、モトアキ。上がりなさい。少し早いが、母さんが夕食を用意してくれているから」

居間へと向かいながら、基彬は黴の匂いに包まれる。土地柄、湿気が酷くて黴が繁殖しやすいのだが、実家のそれはことさら陰鬱な気持ちになる匂いだった。

そこに料理の匂いが混ざる。

一枚板の大きな座卓には、ところ狭しと皿が並んでいる。大皿に盛られた唐揚げ、色とりどりのサラダ、ミートソーススパゲティ。小皿にはそれぞれ、オムライス、ハンバーグ、丸く盛られたピラフが載っている。ピラフの天辺には小さなイギリスの国旗が挿してある。

母に促されて、父が基彬のグラスに、メロンソーダの缶ジュースをそそぐ。

割烹着を脱いだ母が、正面の座布団に正座する。その細面は綺麗に化粧をほどこされている。髪もわざわざ店で結ってもらったに違いない。今日は彼女にとって、一年に一度のハレの日なのだ。

「母さん、毎月の定期便ありがとう。このあいだの山菜の詰め合わせ、芙未も喜んでいたよ」

大学にはいって東京で暮らすようになってから、母は月に一度、食品や食材を送ってくるようになった。

「よかったわ。あれは、お父さんと一緒に採りに行ったのよ」

芙未がいたころは使われていた食材も、料理する者がいないまま放置されている。溜め息を嚙み殺すと、母が上体を前に傾けて顔を覗きこんできた。

その切れ長な目は、期待感に狂おしく煌めいている。

――タカセモトアキにならないといけない。

基彬は正座を崩して片膝をたてた。

すると母が喜び勇んで息子を叱る。

「もう、モトアキったら。膝を立てたらいけないって、お母さんいつも言ってるでしょ！」

「……ごめんなさい。母さん」と口にして、正座のかたちに足を戻す。

「ちゃんとしてくれないとね。モトアキは自慢の息子なんだからね」

このやり取りを、基彬は物心ついたときから母と繰り返してきた。食事のときにかならず一度は片膝をたてるようにと基彬に教えたのは父だった。

鳥肌のたつような茶番だ。

母が満足しそうな妻子とのエピソードを話して聞かせながら、子供好みに味付けされた料理を口に詰めこむ。飲みこむために流しこんだメロンソーダのべっとりとした味に、追い打ちをかけられる。

一時間ほどかけて食事を終えて、デザートにはフルーツ缶の中身を周りに並べられたプリンが出てきた。人工甘味料の甘さに頭痛がする。

――もう少しの辛抱だ。

二時間滞在したら妻子が待っているからと暇（いとま）を告げればいい。

母は残念がりながらも「自慢の息子」を送り出してくれる。

壁にかけられた時計の秒針が、やたらゆっくりと動くのに苛立つ。あと十分というところで、基彬のスマートフォンが鳴った。確かめると、芙未からだった。あとでかけなおそうと思ったのだが、母に訊かれた。

「どちらさまからなの？」

「妻からなので、あとで」

「あら、それは出ないといけないわ」

急（せ）かされて、仕方なく電話に出る。

『基彬さん、いま大丈夫かしら？』

用件は、マンションにまだ残っている梨音（りんね）のものを取りに行きたいという内容で、基彬は

「いつでもいい」と答えた。すぐに電話を切ろうとしたのだが、ふいに母が立ち上がり、基彬の手からスマホを取り上げた。

「母さんっ」

慌てて取り返そうとすると、母が小走りで廊下に出てしまう。

「芙未さん、お久しぶりね」

母は追いかける基彬から逃れて、足袋のまま玄関から外へと飛び出した。そのまま家の門を抜ける。

「梨音ちゃんは元気にしてるかしら？　本当にいいお名前よね。リンネ……輪廻（りんね）……リンカーネーションは本当にあるんですよ。だからもし梨音ちゃんになにかあっても、また――え？」

湾曲する坂道の途中で母が蹴躓（けつまず）いたように足を止めた。

「芙未さん、待って。どういうことなの？　離婚って、そんな」

母の手からスマートフォンが滑り落ちて、道に跳ね転がる。

「母さん、話してなくて悪かった」

震えるその肩に手を置こうとすると、手の甲をビシリと叩かれた。三白眼に睨（ね）め上げられる。

「……あなたは、誰なの？」

「モトアキに、決まってるだろう」

笑顔を浮かべて宥（なだ）めようとすると、母が叫んだ。

「モトアキは——基暁は、離婚なんてしないの！　そんなみっともない人生を送らないの！」

「……」

母のなかで「基彬」は存在していない。彼女の息子は「基暁」ひとりだけなのだ。

今日、五月二〇日は、高瀬基暁の命日だ。

六歳違いの兄の基暁は、基彬が生まれる前に五歳で亡くなった。トラックに撥ねられて、即死だったという。母が買い物に兄を連れて出かけ、少し目を離した隙の事故だった。

母は自身を激しく責め、もう一度、基暁を産まなくてはならないという考えに囚われた。その時にはすでに精神を深く病んでいたのだろう。妻を溺愛していた父は、その望みを叶えた。

そして生まれてきた子供には、「基彬」という、読み方が同じ一字違いの名が与えられた。

基彬には初めから自分の人生というものは与えられなかった。

存在していい理由は、亡き兄となって人生を生きることだけだった。

母は基彬に、基暁のための誰よりも恵まれた完璧な人生を紡ぐことを要求した。父もまたそれに全面的に協力した。少しでも基暁に疵がつこうものなら、母の精神の均衡が一気に崩れるからだ。

そうして基彬につくすべての心の疵は無視された。

九歳のときだったろうか。どうしても耐えきれなくなって、母に「僕は僕だ！　兄さんじゃない！」と泣いて訴えたことがあった。すると母は真っ蒼な顔でガタガタと震えだして昏倒し、のたうちまわりながらヒューヒューと喉を鳴らした。スカートから覗く母の痩せた脚が、宙で地団太を踏んだ。呼吸がうまくできないらしく、ブラウスの胸元の布をみずから引き裂いた。

そんな母を前にして、基彬は恐怖と罪悪感に圧し潰された。

自分は、兄に完璧な人生を与えるためにしか存在してはいけないのだと思い知った。

成績が少し落ちるだけでも、母は錯乱状態になって発作を起こすため、基彬は完璧であることを自分自身に厳しく課すようになった。その強迫的観念は深く根を張り、社会人になっても基彬をギリギリと締めつけつづけた。

……いままた目の前で、母は坂道に横たわり、過呼吸を起こしてもがいている。

九歳のころと同じように、基彬は氷漬けにされたように立ち尽くしていた。

父が駆けつけて母を抱きかかえながら、基彬に険しい視線を向けた。

「帰ってくれ」

地面から画面の割れたスマートフォンを拾い上げると、基彬はそのまま坂を下りきり、駅へと向かった。

ほとんど無意識で乗り継ぎをして、自宅の最寄り駅で降りる。

ホームに出たところで脚が萎えたようになり、ベンチに腰を下ろした。するともう、身体のどこにも力がはいらなくて、立ち上がることができなくなった。

——茶番だ。

だらりと瞼を垂らし、澱んだ眸でホームの黄色い線を見る。

——……私の人生すべては、紛い物の茶番劇だ。

自分は自分でないままに、三十二年の歳月を積み上げてきた。

完璧な高瀬基暁を目指すほどに、高瀬基彬は空洞になっていった。

そして、完璧は脆い。

しなる強かさもなく、根元からぽっきり折れてゼロになる。

死んだ兄は黄色い線の内側で守られつづけ、自分は黄色い線の外側に立たされつづけてきた。この駅のようにホームドアはない。線路に落ちても、助けてくれる人はいない。黄色い線の内側に行く方法を、自分は知らない。

高瀬基暁の紛い物でない在り方が、わからない。

もう頭の重さを支えていられず、膝に肘をついて深く俯く。そうして焦点の合わない目を足元の床に向けつづけて、どのぐらいたったころだったか。

ベンチの、ひとつあけたところに人が座っていた。いつからいたのかはわからない。

何本もの電車がホームにはいってきては出ていく。しかし、その男は相変わらず腰を上げようとしない。

訝しさが募っていき、重い瞼を上げて右側を見る。

インディゴブルーのシャツを着た男が深くベンチに背を預け、斜めに顔を傾けてこちらを見ていた。

黒い眸と視線が絡む。

このタイミングでここにタスクが現れるのは、あまりに不自然だ。不自然なのに、どこかで彼だと知っていたような——あるいは、ほのかに期待していたような気もした。

もしかするとこれは現実ではないのではないか。夢ならば、タスクが現れてもおかしくはない。でもそれは、この男に会いたいという願望が自分のなかで燻っていたということなのだろうか……。

現実か夢か、曖昧になったせいだろうか。足に力を籠めると、立ち上がることができた。

基彬は現実味を失ったまま歩きだす。駅を出て自宅へと向かうなか、背後に靴音を聞く。タスクから逃げたいのか、それとも彼を誘導しているのか、自分でもわからない。

マンションのエントランスドアを、タスクは一緒に抜けた。そして同じエレベーターに乗り、同じ階で降り——同じ玄関ドアを通った。

リビングにはいると、タスクは窓の前に立って夜景を眺めた。その手には今日もアタッシェケースが提げられている。

基彬はソファに座ると、ジャケットを脱いでネクタイを剝ぐように外した。首元のボタンを外して、肩で息をする。

「なぁ」

声をかけられて視線を上げると、タスクが窓ガラスに背を凭せかけて左手の甲をこちらに向けた。薬指を揺らす。

「今日は指輪をしてるんだな」

この細いリングが自分を守ってくれるなど、まやかしだった。

「ただの指輪だ」

「でも捨てられないわけだ」

この指輪は完璧の象徴だった。

出世欲というものは基彬自身にはない。けれども母が望む基暁であるためには、出世を約束してくれるこの指輪は必要だった。だから自分にも芙末にも隠し事があるなかで結婚を決めた。

「自分がそれを捨てさせてやる」

タスクはそう言いながらローテーブルの向こう側に立つと、ガラスの天板にアタッシェケースを置いた。

「また押し売りをするつもりか?」

「買いたいから自分をここまで連れてきたんだろう?」

肯定したくないが、否定もしきれなかった。黙りこむ基彬にタスクが尋ねる。

「最後にセックスをしたのはいつだ?」

「結婚前だ」

「結婚前？」

「授かり婚だった」

「子供の年はいくつなんだ？」

「二歳だ」

「よそでもやってなかったのか？」

「してない。性欲は薄いほうだ」

タスクが思い出し笑いに喉を震わせる。

「でもこのあいだはしっかり反応してたな」

基彬は苦い顔をすると、アタッシェケースを顎で示した。

「仕事道具がはいってると言っていたな」

「ああ」

「銃だとかはいってるんじゃないだろうな？」

なにげなくそう口にしたとたん、タスクの顔に昏い陰が拡がり、頰が強張った。

——……え？

まさか、本当に凶器が収められているのだろうか？

タスクが目を眇めて、アタッシェケースのロックを指紋認証で解除する。ゆっくりとケースが開かれていく。ロープと手錠が目に飛びこんできた。銀色に鈍く光るあれは……。

「どれを使ってほしい？」

完全に開かれたアタッシェケースのなかを基彬は凝視する。

そこにぎっしり収められているのは、少なくとも銃刀のたぐいではなかった。

「これは……すべて、君が仕事で使うものなのか？」

「ああ、そうだ。いろんな好みの客がいるからな」

ディルドは形状からしてわかるが、どういう目的でどのように使うのか見当もつかないものがほとんどだった。医療器具にしか見えないものもあり、実験道具を前にしているかのような心地になる。

基彬は眉間に皺を寄せて、銀色に鈍く光っているスペード型をした器具を指差した。

「これはどういうものなんだ？」

「アナルプラグだ」

名称からなんとなく使い方は推測できたが、いかにも硬そうな金属製のそれを体内に入れる感触も、それで快楽を得ることも、想像がつかない。

「……これを使って、君は気持ちよくなるのか？」

「使ってみせるか？」

問われて、背筋がぞくりとした。

基彬は改めて、テーブルの向こうに立つタスクを見上げた。

裾を出したインディゴブルーのシャツに黒いスラックスというシンプルな格好が、なおさらその肉体の完成度を際立たせる。顔つきにも身体つきにも、精悍さと爛れた色気が相容れないまま共存している。

これだけ恵まれたスペックの男が、どのように金属の淫具を体内に含み、どんな痴態を晒すのか……。

基彬の喉は、知らず蠢く。

——見たい。

タスクが言ったとおりだったのだとわかる。

自分は彼を求めたから、ここに連れ帰ったのだ。

もしタスクが現れなければ、あのベンチから立ち上がることすらできなかった。それほどまでに、いまの自分は弱りきっている。

——惨めに堕ちているこの男を見たい。

熱っぽい欲望と醜い劣情とが、止め処なく湧き上がっていた。

それは生まれて初めて感じる、おぞましいまでになまなましい願いだった。

——……これが、本当の私なのか。

望まれる兄の皮を被り、その下で自分はここまで腐敗していた。

「どうする？」

銀色の淫具を手にしたタスクに問われて、基彬は蒼褪めた顔で返した。

「いいだろう。君を買おう。それを使ってみせてくれ」


言い値の三万円を先払いして主寝室に行く。

ダブルベッドのシーツのうえに、持参した黒いタオルを広げながらタスクが訊いてくる。

「ここは奥さんと使ってたのか？」

基彬はサイドテーブルにウイスキーのボトルとグラスを置く。

「いや、妻は別室で子供と寝ていた」

「あんた以外、使うのは俺が初めてか？」

グラスにウイスキーを注いで、ひと口含む。

「そういうことになるな。君も飲むか？」

「仕事をするときは飲まないことにしてる」

「……飲んだほうが気が楽だろう？」

「楽になったら意味がない」

床に広げたアタッシェケースの横に片膝をつき、銀色のアナルプラグとジェルと避妊具を出す男の横顔はいたって真面目で、これから爛れた見世物をする人間のものには見えない。

基彬はアーム付きのチェアに座って頬杖をつき、またアルコールを喉に流しこむ。

自分だけの空間に怪しい男を招き入れていることに危機感はある。以前の自分だったら決してこのようなことはしなかった。けれどもいまの自分の空洞をわずかでも埋められるのは、この男しかいない。

タスクが、目の前に立った。

シャツのボタンを下から外していく。こうして間近で見ると、その指は節が張っていて太く、爪は四角いかたちをしている。

みぞおちから下のボタンをすべて外すと、その無骨な手がシャツを捲りながら腹部をなぞりだす。

基彬の視線はその右の脇腹に引きつけられた。

前回は隠れていて見えなかったが、そこには赤い花のようなものがある。

——……痣、違う。傷痕か？

なにかが体内に深くめりこんで皮膚が引き攣れた痕のようだった。どのような怪我をすれば、このような痛々しい傷痕になるのだろうか。

タスクの指がその傷痕に触れて、短い爪で抉る動きをする。まるで花を毟り取ろうとしているかのようだ。

「ん…」

痛みをこらえるくぐもった男の喉音に、鳥肌がたつ。

右手で傷痕を抉りながら、タスクの左手がワイシャツをめくり、乳首を露わにした。すでに凝（ここ）っている粒は、男のものにしては妙にぷっくりとしている。その粒を太い指先が摘まみ、やわやわと揉んでは転がす。

タスクの喉から漏れる音に、甘みが混ざりだす。

腰と胸の刺激から逃がれたいみたいに胴がよじれ、腹部に緊張した筋肉の流れが浮きたつ。

背筋に甘苦しいものが絡みつくのを覚えながら、基彬は男の顔を見上げた。

鮮やかな眉を歪めて黒い眸を濡（ぬ）らし、膨らみの強い唇を噛み締めている。また喉が鳴り、捻（ね）じれた逞しい身体がわななく。

その姿はまるで、みずからに責め苦を科しているかのようだった。

『楽になったら意味がない』

さっき、タスクはそう言っていた。

だとしたらこの仕事自体、むしろ苦しむためにしているということなのか。

基彬はグラスの縁をカチカチと噛む。

望んでいない行為を晒すタスクは、ゾッとするほど扇情的だった。

――もっとつらくさせたい……。

ヒリつく欲求が口から漏れる。

「性器を見せろ」

男の締まった頬が引き攣る。

傷痕を抉っていた指がスラックスのファスナーを摘まみ、下ろす。今日も透け感のある黒い

下着を着けていた。しかもすでに先走りで濡れた布が陰茎に張りつき、そのかたちを露わにしている。

強く張った裏筋を付け根から先端まで辿り、下着のウエストに指を引っかけ、布を伸ばしながら下げる。ファスナーのあいだから、ぶるんと重々しい器官が突き出た。

半勃ち状態で、すでに一般的な成人男性の臨戦態勢のそれと同じほどの大きさがある。

基彬に凝視されて、ペニスがわななきながらゆっくりと角度をつけていく。先端の切れこみの穴が見えた。そこから新たに透明な蜜がトクトクと溢れる。

糸を縒りながら床へと落ちようとする体液を、タスクの大きな手が受け止める。そして溜まったとろみのある液をみずからの性器に塗りこんだ。その動きを何度も繰り返し、基彬に幹を走る怒張の筋までありありと見せつける。

麝香の香りが強く漂い、鼻腔の奥で籠もった。

「……っ」

脳が強烈に痺れ、身体中に甘苦しい熱が巡る。

タスクに本当の自分を引きずり出されていた。認めざるを得なくなる。

――……私は、男が好きだ。

自覚はあったが、それを直視して受け入れるのは初めてだった。

――私は基暁ではなく、基彬で、男が好きなんだ。

どちらもずっと、決して認めてはいけないものだった。自分は基暁でなければならず、基暁であるからには同性愛者であってはならなかった。

しかし、この欲望は間違いなく自分のものだ。精神と肉体が一致して、どうしようもなく昂っている。

下腹部の器官が張り詰めて、ズキズキと痛む。

口のなかに溜まった唾液をウイスキーで流しこむ。口内も喉もひどく熱くて、軽く噎せる。

いまにも目の前に差し出されているものに触ってしまいそうだった。しかしそれは、タスクの仕事の内容から逸脱する行為だ。なんとか自制して、低めた声で促す。

「プラグを使ってみせてくれ」

するとタスクがスラックスのポケットから、避妊具を取り出した。袋の端を噛んで破り、なかのゴムをみずからの性器に装着する。薄い透明な膜に、逞しいペニスが苦しげに押さえつけられる。

「着ける必要があるのか？」と尋ねると、タスクがスラックスのベルトを外しながら「客の部屋は汚さない」と答えた。先走りを零さないように手で受け止めていたのも、床を汚さないいためだったのだろう。

「プロの気遣いか」

「もう三年、この仕事をしてるからな」

スラックスが下ろされて足から抜かれる。下半身は前を下ろしたブリーフショーツと、やはり透け感のある黒い靴下だけになる。

「何歳なんだ？」

「二十九だ。うえも脱いでほしいか？」

みぞおちから下だけボタンを開いたインディゴブルーのシャツをタスクが示す。

彼を駅のホームで初めて見たあと、空洞を堕ちていく感覚に囚われながら、その色を思っていた。昏さのある深い青は、タスクの雰囲気によく似合う。そして自分の気持ちにも馴染む色だった。

「シャツは着たままでいい」

タスクがベッドに広げた黒いタオルのうえからアナルプラグとジェルを手に取った。金属の器具に潤滑剤をまぶすと、プラグの取っ手部分を口に咥(くわ)えた。そうして、基彬に背中を見せるかたちでフローリングの床に膝立ちし、下着を腿(もも)の途中まで下ろした。引き締まった臀部(でんぶ)が剝き出しになる。

タスクは両手も床につき、四つん這いの姿勢を取った。

「…ふ」

基彬は乱れる息を手の甲で抑える。思わず視線を彷徨わせたが、タスクがこちらを振り返らないことがわかり、ようやく正視できた。

綺麗に体毛を処理された狭間に、窄まりが口を結んでいるのが克明に見える。双嚢が重たげに垂れている。晒されている恥部を視線で丹念になぞると、それを感知したのか、窄まりがヒクついた。

ストイックに鍛錬された男らしい身体つきをしているだけに、その物欲しげな反応は不似合いで、鳥肌がたつほど卑猥だった。

タスクがプラグを口に咥えたまま動かないのは、どうやら基彬の指示を待っているらしい。

指示を出すことは、自分の欲望を相手に剝き出しにすることでもある。躊躇いを覚えるものの、またタスクの後孔がわななき、今度はわずかに口を開いた。

「っ、く」

下腹部の器官に激しい疼きを覚えて、基彬は短く告げた。

「挿れろ」

待ち侘びていたように、タスクが口に咥えていたものを左手に取り、背中側から臀部へと寄せた。スペードの先端部分が孔に宛がわれる。

「う…」

くぐもった声を漏らしながら、タスクが手指に力を籠めた。襞（ひだ）が開き、プラグのかたちに拓（ひら）いていく。もっとも張った部分はかなりの太さがある。それが襞を引き伸ばしながら通り抜け、ずるりと滑りこむ。

器具の底の部分には宝石風にカットされた蒼（あお）いガラスが嵌められていて、それが煌めき、内壁の微細な動きまで伝えてくる。

基彬は無意識のうちに、自身のスラックスの下腹へと手をやっていた。それに気づいて慌てて手をどけようとしたが。

――私は、自慰をするためにこの男を買ったんだ。

以前、なかば流されるかたちで一度だけ男とセックスをしたことがあったが、それとは違う。

自分の意思で男を買い、男の身体で自慰をする人間であることを人前で明らかにするのだ。

自分自身ですら目をそむけてきたことを、行為でもって示す。

すでに性器は下着のなかで張り詰めて先走りを零している。

手をどけずに、基彬はタスクを見詰めた。

タスクが正座をして身体をきつく丸めた。床でそうしている姿は痛々しくも見える。それからゆっくりと身体を伸ばし、うつ伏せになって両肘をついた。その姿勢のまま腰を上げていく。

身体が、くの字を倒したかたちになる。

足首の後ろにアキレス腱（けん）がくっきりと現れ、脹脛（ふくらはぎ）から膝裏、臀部へと、入り組んだ筋肉の流れが浮き立つ。

脚は肩幅に開かれているため、会陰部も男性器もすべてが基彬から見えた。その姿勢で足踏みをするように左右の脚の裏側を交互に伸ばすと、薄いゴムに封じられたペニスが淫らに揺れた。

性的に煽るためのあからさまな体位ではないのに——あるいはだからこそ、見てはいけないものを見ている気持ちにさせられる。

基彬もジムでトレーニングをすることがあるから、その体勢が脚ばかりでなく背中や腹部にも負荷がかかるのを知っている。腹部に力が籠められるたびに、プラグの底の蒼いガラスがチカチカと光を反射する。

タスクの顔は伏せられたままで、表情は見えない。

——どんな表情で、こんなことをしてるんだ……。

見たい気持ちに駆られたが、しかしそれは自分もまたいまの表情をタスクに晒すことにもなる。それはできなかった。

さっきからずっとこめかみがドクドクして熱をもっている。目が潤んで仕方ない。唇が腫れたようになって緩む。人には決して見せられない、だらしない顔をしているのがわかる。

タスクがこの体位を選んだのは、あらゆる意味で正しい。彼は高瀬基彬という人間が、どのようなことに興奮するのか、そしてどのような状況下でなら自慰をできるのかを、正確に読んでいた。

もし初めから性的に浅ましく煽る痴態を見せられたら鼻白んでいただろうし、顔がこちらを向いていたら決して——こうしてスラックスのファスナーを下ろすことはなかっただろう。

ボクサーブリーフの前の合わせから性器を出す。それはこれまで自分でも見たことがないほど激しく反り返っていた。先端はすでにぐっしょり濡れそぼっている。

それを握りながら、タスクへと視線を向ける。

——……触りたい。

あの美しく筋肉が浮きたつ脚や臀部に触れたら、どんな心地だろう。

けれども自分はタスクに触ることができないし、タスクもまたじかに奉仕することはない。

すぐ近くにいながらガラス一枚を隔てているかのようだ。もどかしさと安心感がある。

「もっと腰を上げろ」

命じると、タスクは踵(かかと)を高く上げて爪先立ちになった。

いくら鍛え上げているといっても、その姿勢を長く維持しつづけるのは容易ではないだろう。

臀部に力がはいり、含んでいるプラグが震える。内壁がきつく締まって感じる場所を刺激しているらしい。

「う…く」

ときおりタスクの全身にさざなみのような痙攣(けいれん)が走り、呻(うめ)き声を漏らす。ペニスがしなるのが見えた。

苦しみと快楽を溜めこんでいく肉体を凝視しながら、基彬は自慰をした。

しごき上げるたびに先端から先走りが漏れる。右手の輪で茎を擦りながら、左の掌で亀頭を捏ねると、湿った水っぽい音がたつ。指輪が先端の切れこみに引っかかる。

「っ、あ…」

思わず声をたてると、タスクの臀部に嵌まっているプラグが大きく揺れた。厳しい体位のまま全身が波打つ。そして、まるで性器を使うときのような腰遣いを始めた。

基彬の手はいつしか、タスクの腰遣いに連動していた。緩急をつけた動きに導かれて、快楽が弾んでは焦らされる。

「ん…ん――んん」

声を抑えても喉が鳴ってしまう。

もう少しで果てられるというところで、タスクがふいに動きを止めた。基彬も手を止める。

男の肉体のあらゆる場所が強張りきったかと思うと、腰がビクビクッと跳ねた。

薄いゴムの先端の液溜まりが白く膨らんでいく。

「――……」

目の奥がチカチカするほどの強い感覚に腰を打たれた。

「あ、うぅ…」

左の掌にどろっとしたものを感じて視線を落とし、基彬は自分が達したことに気づく。肩で息をしながら茫然としていると、タスクがゆっくりと立ち上がり、基彬の前に立った。

彼はペニスからゴムを外すと、それを基彬の左の掌のうえで逆さまにした。

掌のうえの白濁に、タスクのものが重たく垂れる。

「その指輪はもう汚れた。捨てろよ」

結婚指輪は、ふたりの混ざった精液に沈んでいた。

「色もかたちも綺麗だな」

タスクの言葉に、自分がペニスを剝き出しにしていることに、いまさらながらに気づく。

カッと顔が熱くなり、右手だけで茎を下着のなかに押しこんでファスナーを閉める。そんな基彬を甘く眇めた目で眺めながら、タスクもまた下着を腰に引き上げると、手早く服を身に着けた。

「またな」

アタッシェケースを手にして、タスクが部屋を出て行く。

玄関ドアが閉まる音がしてから、彼がプラグを体内に含んだままであることに気が付く。

あの人目を引く精悍な顔つきと肉体で街中を歩きながら、淫らな行為を続行している——その姿を想像すると、下着のなかでペニスが蠢いた。

右手でふたたびスラックスの前を開き、また腫れかけている性器を露出する。

しばし躊躇ったのち、左の掌で亀頭を包んだ。ふたりぶんの精液がぐちゅりと音をたてる。

腰をきつくよじり、唇を開く。

「……タスク」

呟きながら、粘液を茎へとなすりつける。その手の動きが次第に速くなり、基彬はチェアを軋ませて新たな白濁をぼとぼとと床へと散らしていった。

3

七月の人事で、基彬（もとあき）は花形部署の経済産業政策局から中小企業庁へと異動になった。離婚で事務次官の機嫌を損ねたせいだろうと同僚たちは推測したが、実際それは大きかったに違いない。

しかし、いまの基彬にとっては左遷人事と陰口を叩（たた）かれることも、どうでもよかった。完璧な自分は無惨に罅割（ひびわ）れ、残されているのは空洞ばかりだった。

中小企業庁は民間企業との細かなやり取りが膨大にあり、忙殺される日々だ。目まぐるしいのに、ずっと床が抜けて落下しつづけているような不安感は続いていた。

その不安感が耐えがたくなると、タスクを買った。週に一度のときもあれば、二度のときもある。

それは今日のように平日深夜のこともあった。

寝室のチェアで甘い息を漏らし、基彬は自慰を終えて性器をしまった。

タスクは足元の床で仰向けになっている。彼がいま身に着けているものは透ける黒い下着と、顔の下半分だけが露出する革製のフェイスマスク、首輪の三点だけだ。首輪から伸びる二本のクリップは、それぞれ左右の乳首に嵌められている。下着のウエストからは性器が溢れ出て、腹部にはふたりぶんの白濁が附着している。

いくら戦闘力がありそうな肉体をしていても、これだけ無防備なところを刺されでもしたら身の守りようもないだろう。

何度も買ううちに、タスクは破滅を望んでいるのではないかと基彬は感じるようになっていた。だとしたら、恥部を晒すのは自棄であり自傷なのだろう。

自分が繰り返しタスクを買うのは、その部分がしっくりと馴染むからなのかもしれない。

基彬は寝室を出ると、リビングで煙草を咥えて火を入れた。社会人になったばかりのころに同期に感化されて吸うようになり、結婚を機にやめていたのだが、自宅限定でまた吸うようになった。

リビングからベランダに出て、夜景を見るともなく目に映しながら煙を風に吹き流されていると、タスクが横に来てフェンスに背を預けた。

白いワイシャツの前は開けたまま、スラックスを身に着けている。

「一本もらった」

そうくぐもった声で言う彼の口には、火のついていない煙草が咥えられていた。

右肘をフェンスにかけて、タスクが顔を寄せてきた。

「……」

黒い眸が近い。

基彬の煙草に、煙草の先端がくっつく。基彬は視線を夜景のほうへと逃がした。火を移す煙草越しに、タスクの唇の動きが伝わってくる。

けれども、その唇の感触を基彬は知らない。

それどころか肌がじかに触れ合ったことすら、実はいまだになかった。互いの体温を知らないまま、相手の精液に触れたことはある。

顔を離し、夜景に背を向けたタスクが煙を吐く。

「嫌なことがあったのか?」

見透かされたものの黙りこんでいると、「官僚は大変だな」と言われて、基彬は目を見開いた。職業のことはいっさい彼には告げていなかった。

「どうして官僚だと思うんだ?」

睨みつけながら尋ねると、タスクがおかしそうに見返してきた。

「いかにもエリート官僚ですって見た目にしておいて、どうしてもなにもないだろ」

確かに、完璧なキャリア官僚はこうあるべき、というのを思い描いて、髪型も服装も立ち居振る舞いも作りこんできた。

「……初めから、わかっていたのか」

「あんたを向かいのホームで見たときにはわかってた」

あれは離婚が成立した日の夜だった。

ホームのベンチから立ち上がれなくなっていたのに、タスクと目を合わせたら立ち上がれるようになったのだ。

――まるでカンフル剤だな……。

そのカンフル剤を繰り返し打つことで、なんとか日々を送れている。

「どこの省庁勤めなんだ？」

いまさら隠し立てしても意味がないだろう。

「経産省だ」

「ここから近いな」

夜景をちらと振り返って、タスクがふたたび訊いてくる。

「で、どんな嫌なことがあったんだ？」

「……」

弱みを晒したくない。けれどもタスクには、男を買うような人間だという、もっとも隠しておきたかった部分を摑み出されてしまっているのだ。

「いまいる部署は、中小企業が管轄だ。経営が逼迫してる現場の案件を立てつづけに突きつけられて――」

言い澱んでから本音を呟く。

「個別の企業や人間が見えてきて、どうしていいのかわからなくなる」

「これまでは見えなかったわけだ?」

「見えなかった……それとも、見ようとしなかったのか」

国際会議を取り仕切るよりも、よほどいまのほうが迷いが多い。

「いまの仕事では模範解答がなんの役にもたたない。今日も融資を求める経営者の陳情の聞き取りに同席して、苦しくなった」

以前の自分ならば、完璧な官僚の在り方どおりに心を動かさずに理路整然と処理したのかもしれない。

けれどもいまは心がぐらぐらと動いて、頭が破裂しそうになる。

眩暈を覚えてこめかみに掌を押し当てると、タスクがからかってきた。

「そういう悩ましい顔もそそられる」

くだらない感想に、基彬は苦笑する。

気が緩んだのか眩暈がやんだ。

「公僕は人の役に立つのが当たり前で、背負うものも大きいな」

そう、ひとりごとのようにタスクが呟く。

「……どうだろう。君のほうが人の役に立てているのかもしれない」

ベンチから立ち上がれなかった自分を立ち上がらせてくれ、いまも眩暈を止めてくれた。こうしてタスクを買っていなかったら、自分は日々、徒歩圏内の職場まで辿り着くことすらできなくなっていたのではないか。

タスクが喉を鳴らす。

「同僚が聞いたら泡を吹くぞ」

「ああ、特に高い意識をもってる同僚もいるからな」

「なにをもって、特に高い意識なんだ?」

「霞が関が采配を振るって日本を根底から大改革しようというのは、高い志だろう」

「あんたはそうじゃないわけか」

「改革には興味がない」

タスクがこちらを見るのを感じる。

「おのおのが気づいた問題を積極的に取り上げて解決を目指すことで日本をよりよくするという経産省の姿勢には賛同してる。だが、その枠組みを大きく超えて改革すべきだという派閥には与する気になれない」

そこまで語って、自嘲交じりの溜め息をつく。

「……偉そうに言う権利はないか。私はこれまで、ただ仕事を利用してきただけだった。そうであらねばならない自分を積み上げるために」

ここまでありのままの本心を人に話すのは初めてだった。

清々しさと怖さがある。

「でも、その志の高い奴らも、仕事を自分のために利用してるのは変わらないだろ」

「え？」

訝しく横を見ると、目が合った。

「国のためっていうと大義名分があるみたいに聞こえるが、所詮はそれも自分のためだ。それをわかっていなければ、小さな歯車の役目すら果たせず、なにも為せない」

揺らぎのない言葉と視線を投げかけられて、基彬はタスクを凝視した。

ついさっきまで自分の足許に転がって痴態を晒していた男と、いま目の前にいる男は本当に同じなのだろうか。違和感が強すぎる。

この男は、本当はどういう人間なのだろう。

「……タスクは、どうしてこの仕事をしてるんだ？」

「前職を続けられなくなったとき、元上司からスカウトされた」

そう答えてから、タスクが眉をひそめた。

煙草を口から外して左手の親指を舐めると、その指を左胸へと這わせる。シャツがめくれて、痛々しく充血している乳首が覗く。それを親指で撫でる。

「痛むのか？」

「シャツに擦れるとヒリヒリする」

そこにきついクリップを嵌めたタスクの姿が思い出された。今日のプレイで、いかにもＳＭ用らしいニップクリップのついた首輪を選んだのは基彬だった。

男にしては存在感のある乳首はタスクの性感帯であるらしい。みずからクリップを指で激しく弾いたり、まるで乳首をもごうとするかのように捻じったりして、つらそうに身悶えた。

基彬はいまだ自慰行為を晒す勇気がなく、タスクには視界を奪うマスクを着けさせた。

今日は避妊具は装着させずに、タスクが胸の刺激だけで射精するところをじかに見ながら基彬も達し、彼の腹部に体液を撒いたのだ。

思い出すとこめかみが焼けるように熱くなって、基彬はベランダからリビングへと戻った。

短くなった煙草をローテーブルのうえの灰皿で捻じ消していると、タスクに訊かれた。

「絆創膏あるか？」

「ああ、あったはずだ」と返し、壁に埋めこまれている収納棚を開ける。棚には子供用の玩具がいくつも並べられていた。

「娘のか？」

タスクが木製の知育玩具を手に取る。

「それは私が買ったが、遊んでもらえなかった」

「だろうな。二歳の女の子ならこっちが好きだろ」

カラフルなキャラクターのキッチンセットをタスクが示す。それは妻が選んだもので、確かによく遊んでいた。

「よくわかるな」

「似たので姪が遊んでたからな」

この不可思議な男に姪がいるというのは、奇妙な感じだ。

「姪御さんは何歳なんだ?」

「五歳……もう六歳か。三年以上会ってない」

初めて買ったとき、この仕事を三年しているとタスクは言っていた。その頃に彼の人生になにか大きな転機があったのだろう。

「娘には会ってるのか?」

「会ってない」

「会いたくならないのか?」

「……」

梨音の目も鼻も口も頬も丸い顔が思い出される。子供は苦手だが、梨音のことは可愛いと感じていた。けれども、たまの休日に娘の遊び相手をしているとき、妻は複雑な表情を隠しきれずにいた。

質問を無言で流し、白い救急箱から絆創膏の箱を出す。手渡すと、タスクはそこから二枚を抜いて、左右の乳首に貼りつけた。

「あんたのせいだ」

タスクがわざわざワイシャツの前を開いて見せつけ、甘みのある声で詰ってくる。

「……間抜けだな」

すげなく返し、基彬は腰に強い疼きを覚えながら壁の収納扉を閉じた。


マンションを出て徒歩で経産省庁舎へと向かう途中、パトカーや救急車のサイレンが聞こえてきた。左手のほうからで、かなりの台数のようだ。

中小企業庁がはいっている経産省庁舎別館を通り過ぎ、国会通りを左折して桜田通りとの交差点のほうまで行くと、スマートフォンを食い入るように見ている小久保がいた。

「おはよう。なにがあったんだ？」と声をかけると、小久保が「あ、高瀬さん、おはようございますっ」と体育会系らしく大声で返してから、スマホの画面を基彬へと向けた。

「詳しいことはわからないんですが、どうも議事堂近くで車が何台も巻きこまれる事故があったみたいです」

ＳＮＳには一般人が投稿したらしき画像が何枚も載せられていた。

前後の車体に潰されて、黒塗りの車がひしゃげている。

基彬は険しい表情で呟いた。

「またか。先週は外務省沿いの道路だったな」

八島外務大臣の乗る車と警護車が巻きこまれ、大臣はいまも意識不明の重体だ。

「半月前は、経済同友会の会長が大手町で事故死しましたよね。ブレーキが壊れてたとかで。……偶然、なんですかね？」

この事故でもし大物政治家が犠牲になっていたら、偶然と考えるほうが無理があるだろう。

登庁時間が近づき、基彬が別館のほうへ戻ろうとすると、小久保が本館にはいらずに横に並んできた。

「新しい部署はどうですか？」

「前よりは現場に近い感じで慌ただしい」

「俺も高瀬さんについていきたかったです」

大きい図体の肩が力なく落ちている。

「パラシフ派に嫌がらせでもされてるか」

「それもありますけど——噂があって、パラシフ派がやたら盛り上がってるんですよ」

「どんな噂だ？」

「塔坂さんが経産省に出戻って、うちの局にはいるかもしれないって噂です」

基彬は思わず立ち止まった。

「塔坂穣のことか？」

「はい。確か高瀬さんの同期でしたよね」

「……ああ」

小久保が腕時計を見て、「高瀬さん、今度飲みに行きましょう！」と言いながら踵を返し、本館の高層庁舎へと走り去っていった。

思いがけず耳にした元同期の名に落ち着かない気持ちになりつつ、基彬もまた本館の裏手にある別館へと足を速めた。

登庁すると、中小企業庁事業環境部も議事堂近くの事故の件でもちきりだった。つけられたテレビではほどなくして、与党の大物議員を含む三名が心肺停止の状態で病院に運ばれたという報道がなされた。

——連続性のある事件ということか。

いったい、なんの目的で、何者が……あるいはどのような組織が、政財界の重鎮をターゲットにしているのか。

警視庁は本部庁舎の近辺でたてつづけに起こされた交通事故を事件と認定し、対策本部を立ち上げた。警察官が二十四時間体制で警邏に当たり、官庁街はピリピリとした空気に包まれた。

内閣府から霞が関に、マスコミによけいなことを話さないようにと箝口令が敷かれたものの、ネット上では外国人犯罪組織の犯行だ、国内の過激派組織のテロだ、新興宗教団体の聖戦だと、さまざまな憶測が飛び交っていた。

4

夕方から降りだした雨は夜半には激しさを増し、呼び出した男はずぶ濡(ぬ)れで玄関に現れた。

「半月ぶりで、この雨のなかを呼び出すか」

不機嫌そうなタスクに、基彬(もとあき)は苦笑いする。

「仕事が忙しかったんだ」

臨時国会での経産相の答弁の擦り合わせや、中小企業政策審議会に提出する資料の取りまとめに追われ、ここのところ新人時代を彷彿(ほうふつ)とさせる忙しさだった。

「そうか。お役御免になったのかと気を揉(も)んでた」

靴を脱いで廊下に上がったタスクが、基彬をじっと見下ろす。

「いつもと違うな」

言われて、寝間着姿も、洗い髪で前髪を額に下ろしているのも、彼に初めて見せていることに気づく。疲労が溜まっていて、うっかり緩んだ姿を見せてしまったことに気まずさを覚えて前髪を掻(か)き上げると、タスクが目許を甘く緩めた。

「すっぴんも悪くない」

まるで女を誑かすような表情とセリフに、基彬は眉間に皺を寄せてタスクに背を向けた。

「そのまま上がられると床が濡れる。シャワーを使え。バスローブも使っていい」

リビングに戻ってソファに腰かけ、前髪を手で上げて癖づけしながらウイスキーを飲む。

――お役御免、か。

それどころか、こうして仕事から解放された週末の真夜中に呼びつけるほど、タスクを必要としている。

惨めで淫らな男の姿を前にしていると、自分のなかにぽっかりとある空洞をいっとき忘れられる。初めのうちは確かに、その強烈な刺激だけを求めていた。

けれども何度も買ううちに、タスクに自分の空洞を受け入れられているような感覚を覚えるようになっていった。性的なことを介してだけでなく、なにげない会話や空気感のなかで、それを感じるのだ。

その特別な感覚を味わいたくて、今夜も疲労困憊しているのに彼を呼んだ。

『お役御免になったのかと気を揉んでた』

ただのリップサービスなのだろうが、「気を揉んでた」という言葉に嬉しくなった。

光を感じて、重い瞼で窓のほうを見る。ガラスにぶつかる雨粒が激しさを増している。稲光と雷鳴の間隔を数えながら、いつの間にかうとうとしてしまっていたらしい。

ハッとして目を開けると、黒いバスローブをまとったタスクが隣に座っていて、こちらを眺めていた。寝顔まで見せてしまったことに動揺しながら背筋を立てる。

「今日はいろいろと可愛いな」

「揶揄するな」

横目で睨むと、タスクが小首を傾げた。

「そろそろ自分の仕事を遂行させてくれないか？」

「君の仕事？」

「オナクラがなにをするサービスかは、初めに説明した」

――オナクラのサービスは……。

回らない頭でしばし考えてから、タスクの言わんとすることを理解する。

プレイのときはマスクなどで彼の視界を塞ぎ、自慰行為をいまだに見せていなかった。それでは、キャストが客の自慰を見るという本来のサービスは成立していない。

「それ、は」

想像しただけで頭に熱が籠もる。

基彬が視線を大きく彷徨わせると、タスクが耳に口を寄せてきた。

「見たい」

耳孔に流れこむ言葉と吐息に、身体がビクッと跳ねてしまう。

「……金を払っているのはこっちだ」

基彬は逃げるようにソファから立ち上がった。

足早に窓へと向かい――稲光に窓が光った。

皇居付近の上空で、まるで巨大な線香花火のように光の線が枝分かれしていく。すぐに雷鳴が轟く。

ほどなくして、今度は目が眩むような光とともに、バリバリバリと大気を引き裂く爆音が地へと放たれた。部屋の明かりがフッと消える。落雷による停電だろう。

背後で、大きなものが倒れたような鈍い音が上がった。

なにごとかとソファのほうを振り返ったが、真っ暗でなにも見えない。

また稲光が窓を染めた。

その鋭い光に、ソファ横の床に蹲る男の姿が照らし出される。

「タスク…っ⁉」

驚いて駆け寄ると、暗がりのなか、脚になにかが巻きついてきた。どうやらタスクの腕らしい。凄まじい力に引きずられて基彬はしゃがみこむ。肩や腰をきつく締めつけられる。

「どうし……」

また落雷の光と音が部屋を貫く。

部屋の明かりが点いた。

「大丈夫か？」

タスクの肩を掴んで顔を覗きこむ。

その両目はまるで上瞼と下瞼が癒着してしまったかのように硬く閉ざされていた。タスクが手で目許を掻き毟るようにする。

「目を、開け、るんだ——開けて、早く……」

唸るように言いながら、自身の目に指を入れようとする。

基彬はタスクの両手首を掴んだ。

初めてじかに触れた彼の肌は、火傷しそうなほど熱くて、震えていた。

「は、なせっ」

暴れる男を仰向けに倒すかたちで床に押さえつける。

「目を潰す気かっ」

怒鳴ると、タスクが嗚咽を漏らした。閉ざされた瞼の狭間に涙が溜まっていく。

「いっそ……潰れればいい……自分は、役立たずだ」

激痛に耐えるかのように、その顔がぐしゃぐしゃに歪められる。隙をついては目を傷つけようとする男を、基彬は全体重を載せて懸命に封じつづけた。

そうしてどのぐらいたったか、タスクの身体から力が抜けたころには、全速力で走ったかのように基彬の息は上がっていた。

まだ目を開けられないらしいタスクを寝室に連れて行って横にならせると、そこで基彬も力尽きて一緒にベッドに転がり、そのままもう起き上がれなくなった。

呻き声が聞こえた。とたんに昨夜のタスクの異変が思い出されて、基彬は目を開けるのと同時に上体を跳ね起こした。

遮光カーテンの隙間から扇状に拡がる朝陽が、ちょうどベッドのうえに落ちている。

基彬は眩しさに目をしばたたきながら視線を巡らせた。

「ん…ぅ、う」

呻き声は聞こえるのに、タスクは隣にいない。

ベッド横の床を見下ろすと、なにかが散乱していた。

まるで手術器具のようなものもあれば、露骨に男性器を模したものもある。いつもタスクがもち運んでいるアタッシェケースが開かれていた。

「ぁ…ぁあ」

ベッドの足許のほうから、また声がした。濁った甘い呻き声だ。そちらのほうの床を見ると、足が見えた。その指はきつく丸められ、震えている。

基彬はシーツのうえを這った。崖から下を見下ろすような心地で視線を落とす。

暗い床に、タスクが横倒しになっていた。黒いバスローブの前は開かれ、下着をつけていない下半身が剝き出しになっている。

ブブブ…と低い機械音がすることに基彬は気が付く。おそらく、タスクの臀部から覗いている器具がたてているものだろう。後孔だけではなく、陰茎も細い棒のようなものに貫かれているらしい。亀頭から器具の取っ手部分が突き出ていた。

「……タスク」

擦れ声で呼びかけると、澱んだ目がのろりとこちらを見た。視線が合ったとたん、タスクの顔がつらそうに歪み、腹部や臀部に筋肉を浮きたたせて身をわななかせた。

内臓に力が籠もったせいか、臀部の器具が押し出されていく。そのくねるディルドの太さに、基彬は息を呑む。

抜けきると、タスクが身体を仰向けにした。ペニスが異様に腫れているのは、根元に嵌められているリングのせいだろう。右脇腹の花のような傷痕のあたりが紅く充血している。

両膝が上げられてM字型に開かれる。

タスクは抜けたディルドを手に取ると、それを脚の狭間へと宛がった。小さく口を開いたままの孔を玩具の先端が蠢きながら嬲る。ほとんど力任せに、タスクはそれを体内に突き入れた。

そうしながらタスクは自棄のまなざしを基彬に投げつづけていた。

この行為はおそらく、昨夜の異変に繋がるものなのだ。

『いっそ……潰れればいい……自分は、役立たずだ』

——タスクは、自分自身を壊したがってる。

みずから暴れるディルドの底を押さえつけながら、タスクがもがく。ペニスがつらそうに頭を振るが、器具に阻まれて射精はできないらしい。腰の傷痕に爪を食いこませる。

「——……っ」

激しい疼痛（とうつう）を覚えて、基彬は下腹部に手を這わせた。寝間着のうえからでも、硬くなったものがビクビクしているのがわかる。

タスクの姿に、身も心も煽（あお）られていた。

——私も……壊したい。

完璧を積み重ねる裏で、本当はずっとその欲望をかかえていたのだと知る。

基彬は明るいベッドから暗い床へと滑り落ちるように身体を下ろした。寝間着のズボンと下着を慌ただしく下ろすと、タスクの頭のすぐ横に膝をついた。

自分のペニスを握り、ぎこちなく手を動かす。

「ん…」

間近で行為を見られる羞恥が、ひと擦（こす）りごとに爛（ただ）れた自棄へと繋がっていく。

亀頭の先の切れこみがヒクついて、先走りがピュッとタスクの頬にかかった。タスクが舌を長く伸ばして、それを舐（な）め取る。

「……ふっ、ぁ…あ」

声を漏らしてしまう基彬を熟んだ表情で凝視しながら、タスクが自身のペニスに手を伸ばした。先端から覗く取っ手を指先で小刻みに弾く。かなり強烈な刺激らしく、タスクが足の裏を床につき、膝を立てたまま腰を上げた。

その姿勢だと内壁に力がはいり、ディルドの振動が体内に響くらしい。

「う、うう…ぅ」

ヒクンヒクンと鍛えられたしなやかな肉体が跳ねる。

基彬はそんなタスクの姿に煽られるまま、自慰に溺れた。

タスクの堕ちる姿を眺めながら、自分もまたタスクに堕ちた姿を晒している。

どこも触れ合っていないのに、まるで深く繋がって一緒にどこまでも堕ちていくかのような感覚に搦め捕られる。

味わったことのない精神まで震える刺激に、基彬は膝をついたまま腰を上げた。

するとタスクが口を丸く開いた。

「タスク——…ぁ、ああ、…っ」

重くて熱い粘液が茎のなかをドッと通り抜け、噴き出す。

それは勢いをつけたままタスクの出された舌へとぶつかった。白い粘液が舌を伝って喉奥へと流れ落ちていくのを、基彬は涙ぐんだ目で見詰める。

タスクが嚥下(えんげ)に喉を蠢かしながら、ペニスからシリコン製の棒を引き抜いた。

付け根のリングに阻まれて、ほんのわずかずつ精液が押し出されていく。長く続く快楽と苦痛に、タスクが黒い眸を痙攣(けいれん)させた。

焼き切れたように意識を失ったタスクの体内から玩具を抜いて、濡らしたタオルで顔や下腹部を拭ってやる。その身体をベッドのうえに引きずり上げると、基彬はベッドの縁に腰を下ろした。

昨夜の異変と今朝の自罰的な行為は、地続きなのだろう。

この仕事を始めたのは三年前だとタスクは言っていた。

『前職を続けられなくなったとき、元上司からスカウトされた』

はだけたバスローブから覗く、右脇腹の傷痕。

前職を続けられなくなった理由とこの傷痕は、もしかして関係があるのだろうか。

「……」

基彬はそっと手を伸ばす。

触れた花のような傷痕は、膿(う)んでいるかのように熱をもっていた。

5

八月初旬の空は青が燃えているかのようだった。

たかだか徒歩十五分ほどの通勤距離でも、なかなかにこたえる。虎ノ門エリアのビル群のあいだを吹き抜ける熱風に肺をやられながら、基彬は昨夜のことを思い出していた。

昨日の晩、十日ぶりにタスクを買った。

『このあいだは迷惑をかけた』

玄関にはいるなり、タスクは腰から折るかたちで深々と頭を下げた。背筋がピンと張っていて、まるで軍人のような頭の下げ方だ。

『いや、あんな天候のなか、呼び出した私のほうが悪かったんだ』

そう返しながらも、基彬は戸惑いを覚えていた。

あの翌朝、オナクラデリバリーの本来のサービスを初めて受けた。それは思い出すだけで焼けつく羞恥と、また味わいたいという渇望とが湧き起こる強烈な体験だった。

しかし、それ以上に忘れられないのは、初めて触れた彼の肌だった。

落雷で目を開けられなくなったタスクの両手首を摑んだときに感じた、狂おしいほどの熱と震え。

あの瞬間、タスクという人間そのものに触れたような気がしたのだ。

――……また、触れてみたい。

まだ頭を下げているタスクへと手を伸ばしかけて、基彬は拳を握った。

肌に触れることはある意味、自慰を見せあう行為よりも不自然で難しい。

――自分たちはそういう関係じゃない。

彼は金で買われて来ているだけなのだ。

実際、昨夜のタスクはプロとしてサービスを提供し、基彬は性的な満足を得た。けれども行為の最中も、ずっとタスクの肌に触れたくてたまらなかった。

――私は……タスクになにを求めてるんだろう。

悶々と考えながら歩いていた基彬は、背後から肩を叩かれて気だるく振り返った。

そして、そのまま目を見開く。

「久しぶりだな、高瀬」

今朝の空に負けないほど晴れやかな笑顔で、男が見下ろしてくる。

「――塔坂」

塔坂穣が経産省に戻ってくることが確定したという話は聞いていたものの、こんなに早く再会するとは思っていなかった。懐かしさと、それと同じぐらいの動揺に見舞われる。

祖父がアメリカ人である彼は、亜麻色の目と髪をしている。その明るい眸が嬉しそうに細められる。

「今日からまた同僚だ。よろしくな」

差し出される手を、躊躇ったのちに基彬は握った。

彼の手は昔と変わらず、少しひんやりとしていた。

塔坂穣とは同期として入省してから三年弱をともに過ごした。彼は高校大学をアメリカで過ごし、同い年ながら飛び級で経済学の修士号を取得していた。経産省の同期四十人のなかでもずば抜けて能力の高い、明朗快活な男だった。

彼のモチベーションの高さとポジティブさはもうそれ自体が才能であり、同期のみならず経産省のなかでも早いうちから一目置かれるほどだった。

基彬にしても、過酷な新人時代に塔坂に何度助けられたかわからない。連日のように庁舎に泊まりこんで、一緒に法案や答弁の叩き台を作った。

『なぁ、高瀬。完璧に拘りすぎると壊れるぞ?』

そう言って、根詰めすぎて倒れた基彬を気遣ってくれたのも塔坂だった。

彼は七年前、経産省を辞めてアメリカの戦略系コンサルティングファームにはいった。そして国境跨ぎの企業の合併・買収をいくつも手がけ、その業績から世界的な経済誌に幾度も取り上げられてきた。

「どうしてまた出戻ろうと思ったんだ？　あれだけ成功を収めてたのに」

登庁の道すがら尋ねると、塔坂が煌めく眸で答えた。

「社会的な成功は、もう充分だと感じた。世界の動的な仕組みや評価の作り方がわかるようになって、いまなら官僚としてこの国のためにできることがあるんじゃないかと思ったんだ」

「……塔坂は、もっとなにかできるはずだってよく言ってたな」

「あの頃はもどかしくて焦ってた。効率的でないことに忙殺されてるのが、時間もエネルギーも無駄にしてる気がしてね」

実際、官僚の仕事に押しこめておくには、彼は逸材すぎた。

「塔坂は向こうに行って正解だったと思う」

数歩ぶんの間があってから、塔坂が言う。

「俺は高瀬にも一緒に行ってもらいたかった」

「……」

当時のことがありありと思い出されて、朝の陽射しのなか、基彬は俯く。

誘われたとき一緒に渡米していたら、自分の人生はどのようになっていたのだろう。

——でも、それは無理だった。私は塔坂のようには翔べない。

翔ぶどころか、自我の芯まで失い、男を買うことでなんとか自分を保って日々を送れている

ような状態だ。

この七年で開いた、自分と塔坂の落差を思う。

塔坂が、トンと肩に肩をぶつけてきた。

「俺は、またこうして高瀬と肩を並べて歩けて、嬉しい」

この肩をぶつけてくる仕種もストレートな言葉も、昔のままだ。

顔を覗きこんできた塔坂が、ふと眉根を寄せた。

「あ、でも前とは違うか。結婚して子供もいるんだったな。張本から聞いた」

張本というのはやはり元同期で、去年退職し、経済学の博士号取得を目指して渡米したのだ。

「事務次官のお嬢さんを落とすなんて、やるじゃないか」

基彬は苦笑しながら教える。

「離婚した」

「えっ⁉」

塔坂がバッと基彬の正面に立ち、両肩を摑んできた。彼の手にしていた鞄が歩道に落ちる。

「本当、か？　いつ離婚したんだ？」

気圧されながら「四ヶ月前だ」と答える。

通行人に横目で見られて、基彬は肩から塔坂の手を外すと、彼の鞄を拾って差し出した。どうやら鞄を落としたことにも気づかなかったようで、塔坂が「あ、ああ、悪い」と慌てて受け取る。

そして片手でガッツポーズをすると、噛み締めるように呟いた。

「帰国して本当によかった」

「高瀬さん、ちょっとちょっと」

昼過ぎ、書類を届けに訪れた小久保(こくぼ)がデスクに近づいてきたかと思うと、基彬の肘をぐいと摑んだ。なかば強引に廊下へと連れ出された時点で、なにについての話かは想像がついていた。

「塔坂穣って、何者なんですか。いろいろヤバいんですけど」

塔坂は経済産業政策局に課長として配属になっていた。

「今日なんて朝からずっと会議室でマスコミのインタビュー受けてるんですよ。新聞や経済誌はまだしも、女性誌まで」

「塔坂が載った経済誌は、普段買わない女性層も買うから売れ行きが違うそうだ。経産省としても女性への好感度アピールになると踏んでるんだろう」

「……あの中身にあの外見って、チートすぎますよ」

「グレードアップして帰ってきたからな。悪い奴じゃないから、面倒をみてやってくれ」

小久保のぶ厚い肩を叩いて励ましてデスクに戻ろうとすると、腕を掴まれて引き戻された。

「昨日の夜、局内で塔坂さんの歓迎会があったんですよ」

小声で小久保が続ける。

「その席で、塔坂さんが急にカミングアウトしたんです。バイセクシャルで、男も女も恋愛対象だって」

「相変わらずだな。新人のときもそうだった」

イタリアンバールを貸し切って同期四十名で初めて飲み会をしたとき、順繰りの自己紹介で、塔坂は衒(てら)いもなく同性も性愛の対象だと宣言したのだ。

たまたま彼の隣の席にいた基彬は度肝を抜かれ、恐怖を覚えた。同性に惹(ひ)かれる自分から懸命に目をそむけていただけに、そこを攻撃されたような気持ちになったのだ。

ほかの同期たちもどう反応していいかわからない様子だったが、塔坂の闊達(かったつ)さや仕事ぶりを知るにつれ、バイセクシャルというのも彼の個性として自然と受け入れるようになっていった。

基彬もまた、彼に仕事で何度も助けられ、その前向きな性格に励まされていくうちに、初めに覚えた恐怖は薄らいでいった。

『俺は高瀬の緻密な仕事ぶりを尊敬してる』

あれは徹夜で仕事をして、庁舎のシャワー室を使ったあとのことだった。濡れ髪のまま塔坂が言ってきたのだ。

『俺と高瀬が組んだら無敵だな』

その時の気持ちが甦りそうになって、基彬は軽く頭を振った。

「あの…高瀬さん」

いかつい顔に真剣な表情を浮かべて小久保が訊いてくる。

「塔坂さんはガチムチ系が好みだったりしませんか？　いや、俺、たまにあるんですよ。こないだもサウナで寝てたら触られてて」

どうやらそこが本題だったらしい。

「好みかどうかはともかく、塔坂は正面から行くタイプだからそういうセクハラはしない。そこは安心しろ」

「そうなんですか」とホッとした顔をしてから、小久保が気まずそうに頭を掻いた。

「なんか俺、自意識過剰っぽかったですね。すみません」

軽くなった足取りで立ち去る大きな背中を見送りながら、基彬はもう一度頭を振って、デスクへと戻った。


各種メディアには連日、塔坂の写真や記事が載るようになり、その華やかで砕けたキャラクターと明快な話術は世間で大いにもてはやされた。

経産省内でも、塔坂の存在感は日ごとに増している。

特に「パラシフ派」の面々の塔坂への傾倒ぶりはただならぬものがあり、それは経産省以外の省庁の若手官僚にも飛び火しつつあった。

世界で通用する戦略系コンサルティングファームの手法を取り入れ、官僚主導で日本に大きな改革をもたらそうという、省庁を越境した横の繋がりが生まれようとしている。

——塔坂なら、彼らを導けるのかもしれない。

職場のキャビネットのうえに積まれている、塔坂が載る新聞雑誌の山から一冊を抜きながら、しかし基彬は心がざわつくのを感じていた。

これまで十年間、基彬は官僚の在り方というものを、日々の仕事を積み上げるなかで自分なりに考えてきた。

——官僚は、国民の力を最大限に引き出す歯車であればいい。

流動的な社会情勢のなか、調整や法整備でもって国民を守り、伸びようとする業種を支えて国際的な競争力を育む。

ただその単純なことが、既得権益に阻まれてままならないのが現状なのだが……。

『あんたたちは、既得権益の権化だな！』

中小企業の経営者から投げつけられた言葉が頭をよぎる。

——こちらがどういうつもりでいようが、あれが国民の生の声なんだ。

たまたま手にした雑誌はメンズ雑誌で、塔坂のインタビュー記事が載っていた。

刻々と変動していく国際情勢を鑑みて、国家が国民の力をまとめ上げることの重要性が、官僚としてではなく、成功した若手ビジネスパーソンらしい活き活きとした言葉で語られている。

この記事を読む者の多くは、カリスマ性と実績のある人物に力強く牽引されることに、安堵感や明るい刺激を受けることだろう。

世界全体が不安定になっているときこそ、そういう人物が求められるものだ。

——……でもそれだと、官僚が国民のための歯車になるのではなく、国民が官僚のための歯車になるんじゃないのか？

そのことに、どうしても違和感を覚えるのだ。

けれども、ほかならぬ塔坂穣がそれが最上の方法だと考えているのならば、正解はそちらなのかもしれない。

自分の考えでは、日本という船は沈んでいくことになるのかもしれない。パラシフ派の考えに違和感を覚えてきたのは、ただの偏見であったのかもしれない。

そもそも自分など、完璧であらねばならないという強迫観念に追われて目の前の仕事をこなしてきただけで、大局を見通せるような人間ではないのだ。

——偏見や思いこみを捨てて、塔坂の考えを理解してみよう。

そう心を定めて、基彬は今度は経済誌に載っている、塔坂と経済学者との対談記事に目を通した。

6

寝室に、くちゅくちゅとふたつの湿った音が重なる。

それは次第にリズムを速くしていった。

ベッドのうえで、タスクは全裸、基彬はワイシャツ一枚を身に着けて、それぞれみずからの性器を扱いている。

「ん…く、うぅ、っ」

低く呻きながら自慰をするタスクの姿に煽られて、彼と向かい合うかたちで膝をついた基彬は白い粘液を放った。それが重ったるくタスクの腿へとかかる。

そこでオナクラの仕事は終了だ。

タスクは射精しないまま手を止めた。

「は…はっ、ぁ」

ひとりだけ達した基彬は満たされない気持ちで目を伏せる。

今日のプレイでは、ここのところそうであるように、アタッシェケースが開かれることはなかった。基彬がそのようにオーダーしているからだ。

玩具の刺激なしに、自分が自慰をする姿だけでタスクが達するのかを試しつづけている。もし達してくれたら、彼の肌に触ることを許される気がしていた。

けれども、そうはならない。

──私はタスクにとって、客のひとりにすぎない。

その証明が繰り返されるばかりだった。

ふたりのあいだは見えないガラスで仕切られている。

それが一時的に熔解（ようかい）してじかに触れることができたのは、雷の夜とその翌朝だけだった。

あれからというもの、もう一度タスクに触れたいという想いが強すぎて、かえって彼に対して不自然な態度を取ってしまっていた。

タスクのほうもまた疵（きず）に触られまいとするかのように、以前とは違う身構えた空気をまとっている。

彼の肉体はどうして傷つき、彼の心にはどんな疵が埋まっているのか。

気にかかってたまらないのに、自分たちのあいだのガラスの仕切りは、以前より厚さを増していた。

それがもどかしくて、ひどく苦しい。

ならば、買うのをやめればいい。

初めに接触してきたのはタスクのほうからだったが、あれはあくまで羽振りのよさそうな男に営業をかけたに過ぎず、それなりに金を引き出したいまとなっては、タスクとしても面倒くさい客は切りたいところなのではないか。

頭の端でずっとそんな考えを繰っているのに、この一ヶ月ほどは週に一度では足りずに、二度三度とタスクを買っている。

中毒患者が薬物の摂取量を増やしていくのに似ているのかもしれない。

あるいは、さらに金を積むことでタスクを繋ぎ留めたがっているのだろうか。

――私は……なにを求めているんだろう。

気づいた問題を積極的に取り上げて解決を目指す。入省してから培ってきた姿勢もスキルも、まったく役に立たない。

今日もどうすればいいのかわからないまま、タスクを家の玄関まで見送る。

靴を履いたタスクが、ふとシューズボックスのうえへと目をやった。

そこには帰りがけに買って置きっぱなしにしてあった雑誌が置かれていた。若手ビジネスマン向けの月刊誌だ。

「この男、最近よく見かけるな」

雑誌の表紙は、塔坂穣（とうざかみのる）がスツールに軽く腰を預けて微笑（ほほえ）んでいるものだった。

「ああ。経産省に出戻ってきた同期だ」

「それでわざわざ買ったのか？」

「……いや、よく買う雑誌なだけだ」

とっさに嘘をつく。

ビジネスマンの仕事術を売りにしている雑誌だが、耳障りのいい自己啓発的なトピックスが並んでいて、普段は手に取ることがなかった。

タスクが小首を傾げる。

「あんた好みの雑誌じゃないだろ」

図星を突かれて視線を泳がせると、タスクが表紙の塔坂の顔を指先でつついた。

「こういうのが好みなのか？」

違うと言うことは――過去の出来事を思えば、言えなかった。

そんな基彬をじっと見て、タスクが急に正面から顔を近づけてきた。上がり框との段差のぶんで相殺されて、目線の高さが同じになる。

「この男はやめておけ」

鋭い眼差しと重い声で、そう告げられる。

その瞬間、客とキャストのあいだの仕切りガラスがひずんだ。

――いまなら触れるかもしれない……。

そう思うのに手を伸ばす勇気が出なかった。

玄関ドアの向こうへとタスクの姿が消える。

「……っ」

汗ばんでいる手で拳を握り、踵を返す。

リビングのソファに身を倒して目をきつく瞑っていると、ローテーブルのうえでスマートフォンが震えた。

確認すると、塔坂からメッセージが届いていた。

再会してからこちら、日に一度はかならずメッセージが送られてくるようになった。それに塔坂は近くのタワマンに住んでいるため、登庁のときに一緒になることもよくある。

『明日22時、俺の家で同期会をやるから来てくれ』

これまでも複数人での食事や飲みはともにしてきた。

返信を打ちこもうとして、基彬は指を止めた。

『この男はやめておけ』

タスクの真剣な様子を思い出す。

あれは明らかに、客とキャストの関係から外れた言葉だった。

――……嫉妬でも、してくれたのか？

わななかいた胸をスマホできつく押さえて、基彬は苦い声で自分を戒める。

「それはないだろう」

冷静に考えてみれば、まだ基彬には客としての価値があって、それを繋ぎ留めておくためのリップサービスだったと見るのが妥当だ。

タスクのことになると、感情が無軌道に上下して、乗り物酔いをしているような心地になる。こんなことは初めてで、対処の仕方がわからなかった。

九月にはいったが、夜になっても大気は熱気をたっぷりと孕んでいる。

いったん帰宅してシャワーを浴びてから、基彬はふたたびスーツに腕を通した。金曜夜の同期との集まりということは、仕事上がりに直行する者がほとんどだろう。

隙のないように髪とネクタイを整えてから家を出る。

塔坂の家は、徒歩で五分もかからない場所にあるタワマンの最上階だった。いくらエリートでも官僚では手が出せない、破格の物件だ。

彼が世界で積み上げてきた成功の大きさの一端を改めて感じながら、基彬は天井の高いエントランスホールを抜けて、高層階専用のエレベーターに乗った。一分足らずで最上階に着く。

インターホンを鳴らすと、すぐにドアが開けられた。

ベージュのサマーニットを着た塔坂が現れる。

「よく来てくれたね、高瀬(たかせ)」

「ほかの皆はもう来てるのか？」

玄関にはいって尋ねると、塔坂が鍵を閉めながら言ってきた。

「騙(だま)した。悪い」

基彬はかすかに眉根を寄せる。

「同期会じゃなかったってことか？」

「こうでもしないと、ふたりきりでゆっくり話せないと思った」

「……」

誰もいないところでふたりきりになれば、嫌でもあの夜のことをなまなましく思い出してしまう。そうなることを基彬は避けたかったし、基彬の性格を知っている塔坂のほうもそれを察して、これまでふたりでの飲食に誘ってこなかったのだろう。

けれども、避けつづけたところで蟠(わだかま)りは互いのなかに残ったままだ。

一度はきちんと話し合わなければならなかったのだろう。それが今晩だったということだ。

「わかった」

塔坂が安堵に顔を緩めた。

「よかった。ありがとう、高瀬」

彼に先導されて廊下を抜けて広いリビングへと出た基彬は、思わず息を呑んだ。

吹き抜けぶんの高さで、一面が窓になっている。そこには超高層からの夜景が拡がっていた。血管のように走る道路や高層ビル群が放つみっしりとした煌めきのなか、皇居のあたりはまるで巨大な沼でもあるかのように黒々と沈んでいる。

階段をのぼるように促された。

中二階になっている屋内テラスのような場所に、窓のほうを向くかたちでローテーブルとソファが置かれている。

テーブルにはすでに軽食やワインクーラーに浸けられたボトルが揃えてあった。

ふたり並んで腰を下ろすと、塔坂がスマートな流れる手つきでワインのコルクを抜き、グラスに注いだ。

「改めて、再会に」

塔坂が手にしたグラスを軽くもち上げて嬉しそうに笑む。基彬もぎこちなくグラスを上げた。

「相変わらず料理が得意なんだな」

綺麗にトッピングされたカナッペや魚介類のアヒージョ、クリームパスタを見回しながら言うと、塔坂がカナッペを基彬の口許に運んだ。

「食ってみろ。腕を上げてるぞ」

塔坂の手から食べさせられる前にカナッペを受け取り、口にする。マグロとアボカドクリームが口のなかでまったりと絡む。ほのかなレモンとわさびがアクセントになって、後味には爽やかな刺激がある。

「確かに、美味(うま)い」

気をよくした塔坂が、アヒージョやパスタを小皿に取り分けて、基彬の前に並べた。

「やっぱり高瀬に食べてもらうのが一番嬉しい」

「……そういうことをさらっと言うのも相変わらずだな」

「誰にでも言ってるわけじゃない」

また甘い言葉を口にしながら、高瀬が身体ごとこちらに向けてくる。

「高瀬と過ごした新人時代は、死にそうに忙しかったけど最高に充実してた」

「こっちは塔坂に助けてもらってばかりだったけどな。国際会議の仕切りも、自分だけだったらあそこまでできなかった」

塔坂は自身も山のように仕事をかかえているのに、まるで自分の仕事であるかのように、一緒にプランをチェックして、さまざまな角度からアドバイスをくれた。それらの仕事の成功はいまでも語り草になっているほどで、確実に基彬のキャリアの力添えとなった。

「俺だって高瀬に助けられてた。俺が一、八、十と飛ぶところをしっかり埋めてくれて、周りに理解してもらいやすいかたちに整えてくれた」

こんな会話を新人時代もしていた。

『俺と高瀬が組んだら無敵だな』

そう言われたとき、胸が震えた。

苦手としていた、誰かと手を組んでものごとを成し遂げることの充実感を教えてくれたのは塔坂だった。

三年目に塔坂は大臣官房政策評価広報課に異動になり、それから一年たたないうちに退職してアメリカに渡った。

その頃のことが昨日のことのように思い出される。

……やはり、ふたりきりになるのではなかったと思う。

視線を逃した先の夜景が、少し滲(にじ)んで見える。

「なぁ、高瀬」

「うん」

横顔をじっと見詰められているのを感じる。

「俺は約束を守ってきた。あの夜のことは誰にも言ってないし、相談もしてない」

心臓がすくんだ。

――……七年前の、あの晩。

塔坂が経産省を辞めて渡米する直前のことだった。

最後に手料理を振る舞いたいと言われて、基彬は独身寮となっているマンションの、同じ階にある塔坂の部屋に行った。

同期のなかでも唯一距離が近く、戦友であった塔坂が離れていくのは、なんとも言えず寂しかった。そのせいで食事をしながら出されたワインを飲み過ぎてしまった。

気が付いたときには、塔坂に凭れかかっていた。基彬の肩に腕を回した塔坂が、間近から顔を覗きこみながら囁いてきた。

『酔ってるんだな。いまだけはなにも考えるな』

いつになく甘い声で——唇にやわらかな重さを感じて、とっさに目を閉じた。

何人かの異性と交際してひととおりのことをしたことはあったが、同性との行為は、キスも含めてそれが初めてだった。

異性との行為では感じたことのない、激しい羞恥と快楽と痛みがない交ぜになり、基彬はほとんど目を開けていられなかった。

自分が異性より同性に性的興奮を覚えるという事実を改めて突きつけられながらも、基彬はそのことから懸命に目を逸らした。

『高瀬、俺とアメリカに行かないか?』

ベッドの縁に腰かけて震える手で服を身に着ける基彬に、全裸の塔坂は後ろから抱きつきながら言ってきた。

もしも塔坂と日本を離れたら、自分は「高瀬基暁」であることから解放されるのだろうか?

そんな考えが一瞬よぎったが、それでは物心ついたときからいままで積み重ねてきたものがすべて消えてしまうように思われた。怖くて、基彬は首を横に振った。

『今日のことは、忘れてくれ』

しゃがれた声で頼んだが、塔坂は『それは無理だ』と答えた。

『それならせめて……このことは絶対に、誰にも言わないでくれ』

抱いた塔坂には、基彬が同性に欲情する人間であることは筒抜けだったに違いない。彼の口や手で呆気（あっけ）なく果て、男を受け入れたときには痛み以外のもので身体が反応した。

『ああ。誰にも言わない』

今度は約束してくれた。

胸に回された腕を振りほどくようにして、基彬は部屋をあとにした。

塔坂がアメリカへと発ち、安堵感と喪失感が同じほどの重さで胸を占めた。

もう二度と、精神的にも肉体的にも自分が満たされることはないのだろうと思った……思っていたのに……。

「高瀬」

呼びかけられて我に返る。

横を見ると、驚くほど近くに亜麻色の眸があった。

「でも俺はやっぱり高瀬がいい」

「……」

「俺ではダメな理由があるのか？」

「……」

離婚して完璧であることに挫折したいまの自分は、もう親にとって価値のない存在だ。

兄の命日に帰宅して母を錯乱状態に陥らせてしまって以降、実家からはなんの連絡もない。定期的に届いていた食料品類も途絶えたままだ。もて余していたはずの実家から送られてきたものが次々と腐っていき、それを捨てるたびに、心の空洞はさらに拡がっていった。

これまで家族に縛られていると感じたことはあっても、家族に依存していると思ったことはなかった。

けれども、タスクをみずからの意思で買ったのは、家族への依存が大きく揺らいだせいだった。もしかすると自分は、新たな依存先としてタスクを手繰り寄せたのかもしれない。そして買う頻度は上がり、依存はどんどん増している。

彼なしでは一週間ともたない。

——客とキャストでしかないのに……触れもしない関係なのに……。

胸に痛みを覚えて目を伏せると、唇に温かい重みが被さってきた。

どう反応すべきか困惑しているうちに唇を優しく啄まれ、吸われた。

塔坂が顔をわずかに離し、改めて見詰めてくる。

「『俺と高瀬が組んだら無敵だな』」

七年前とまったく同じセリフを口にして笑いかけてくる。

「いまでもそう思ってる」

心が揺れたのは、昔の自分の気持ちなのか、いまの自分の気持ちなのか。

「あの時の俺は、自分の気持ちと欲望を一方的に高瀬に押しつけて高飛びしたようなものだった。今度は絶対にそんなことはしない」

「……塔坂」

すでに一度、彼とは関係をもっている。しかも自分の「初めての男」なのだ。

――塔坂でいけない理由は、あるのか？

自問するが、頭に深い靄(もや)がかかっているかのようで答えが出ない。

「急がなくていいよ。焦らず一から口説くつもりでいるから」

そう宣言すると、塔坂は懐かしい新人時代の話や向こうでの苦労話などを散りばめて、基彬をくつろがせてくれた。

夜景を眼下に塔坂と過ごす時間は、間違いなく上質で心地のいいものだった。

その日を境に、基彬は週に二度は塔坂の家に行くようになった。

そして、週に二度三度、タスクを買いつづけた。

ひとりの夜は、自己嫌悪に落ちこんだ。

安易にふたりの男のあいだを行き来して、それで自我を保っていることが情けなかった。

せめて、どちらかを選ぶべきだ。タスクとは金で繋がっているだけの関係なのだから、まともな感覚で考えれば塔坂を選ぶのが正しい。

しかし正解がわかっていても、それに踏み切れずにいる。

タスクに触れたくてたまらない気持ちを消すことができない。

それに、もし塔坂を選んだとして、根底からの解決になるのだろうか。

親からタスクへと依存先を変えたように、今度はタスクから塔坂へと依存する先を変えるだけなのではないだろうか……。

7

「高瀬(たかせ)さん、休日まで申し訳ありません」

週末の下町の商店街を並んで歩きながら、ついさっき合流した佐々木(ささき)が頭を下げてきた。シルバーフレームの眼鏡をかけたスーツ姿は一見すると銀行員のようだが、佐々木は金融課に籍を置いているため、あたらずといえども遠からずだ。

「いや、今回の案件は企画課が噛(か)んでいることだから、私も詳しい状況を把握しておきたかったんだ」

基彬(もとあき)はそう返しながら、重い気持ちになる。

電気機械器具関連を扱う小規模な町工場十七社が連携して業務をおこなうプロジェクトは、中小企業庁事業環境部企画課——現在、基彬はそこで課長補佐を務めている——がまとめ役を買って、三年前に発足したものだった。

それにより各工場の持ち味を活(い)かしつつ、重複した業務を省き、受注生産の効率化を図るという、互助による中小企業の生き残りを目指している。この地区だけでもこの七年ぐらいで町工場の数は三分の一ほどに激減しており、それに歯止めをかけるために経産省が旗を振ったわけだ。

しかし、このところ外資比率三〇%以上の、いわゆる外資系企業が金にものを言わせて建てた大規模工場にたてつづけに顧客を奪われるケースが相次ぎ、プロジェクトに携わっている町工場の経営はみるみるうちに苦しくなっていった。

企画課の課長補佐である基彬のところにも、公的資金援助を求めるプロジェクト参加企業からの陳情が毎日のように届き、面談に応じた際には罵られることもあった。

プロジェクトの報告書類やデータをいくら睨(にら)んでも、霞(かすみ)が関(せき)からでは摑(つか)めない部分が大きい。

そんな折りに金融課の佐々木から相談を受け、プロジェクトに携わっている町工場十七社を一緒に巡ることにしたのだった。一日では回りきれないので、数日に分けて巡ることになる。

初めに訪れたのは、特殊合金をもちいた部品会社だった。

江戸川(えどがわ)沿いにあるこぢんまりした三階建て社屋で、従業員数は十八名。年齢層は十八歳から七〇歳までと幅広い。

社長は去年、七三歳の先代から四八歳の息子へと引き継がれたばかりだ。

二代目社長は何度も中小企業庁を訪ねて来ており、激高して「あんたたちは、既得権益の権化だな!」という言葉を基彬に投げつけたこともあった人物だ。

今日も彼は角張った顔に憤りを滲(にじ)ませていた。

「どうせ、粗探しに来たんだろう」

佐々木が慌てて、作成してきた書類を差し出しながら言う。

「今回は大きな視点で問題点の洗い出しをして、どのような規模の融資が必要なのかを検討するために参りました」

かなつぼ眼で、社長が佐々木を睨みつける。

「融資をするつもりはあるってことか？」

「そ、それを検討するためにですね」

「もう聞き飽きたっ」

いまにも佐々木に摑みかからんばかりの社長の腕に、薄茶色の作業着姿の女性がしがみついた。

「あんた、今日はちゃんとお話し合いをしようって約束したでしょっ」

胸につけているネームプレートは、社長と同じ苗字だ。妻なのだろう。年は社長より少し若いようで小柄だ。髪を後ろでひとつに縛り、しっかり者らしい顔つきをしているものの、頰のあたりに疲労の影がこびりついている。

「お前はこれまでのことを知らないからそんなことを――」

「おや、もういらしてましたか」

夫婦が言い争いになりかけているところに、しわがれた声が被せられた。

そちらを見ると、右足を引きずりながら歩いてくる白髪の男の姿があった。先代の社長が脳梗塞により右半身に麻痺が残って引退したことを、基彬は思い出す。

基彬は名刺を出すと、先代へと両手で差し出した。

「プロジェクトの後任となりました、企画課の高瀬基彬と申します」

「これはこれは、わざわざどうも」

身体は息子よりふた回りほど小さいが、研磨され尽くした丸みとどっしりとした落ち着きとが先代からは漂う。

「うちのような町工場に来たことはおありかな?」

「恥ずかしながら、初めてです」

「なら、どんなもんか知ってもらわんとな」

そう言うと、先代は基彬と佐々木に手招きをして、部品ができるまでの工程を、機械での加工から人手による微調整まで、詳らかに見せて回った。

その途中、先代が低く唸ったかと思うと、高速回転しているホイールの前で小型部品の研削作業をしている青年を押し退けた。

そして、動く左手で部品を撫でて感触を確かめながら研削機へと部品を細やかに当てていく。それを幾度も繰り返しながら、うわ言のように呟く。

「拘りだ……拘りをもてるかどうか、それだけだ」

その姿はまるで、先代も研削機の一部と化して部品を生み出しているかのようだった。彼のなかには習得され、蓄積されてきたものが、絶対的な規格として存在しているのだ。それは人や機械に簡単に移し替えられるようなものではない。

納得のいく仕上がりになったらしく、先代が部品を青年に手渡す。

「最後の微調整は特に技術が必要でな。その技を継承するために、うちの従業員は年寄りから若いのまで揃えてる。このちっこい部品なんざ、ドイツの医療機器メーカーからの特別発注で請け負ってるものなんだ。向こうさんもうちのじゃねぇと、動作に支障をきたすってな」

先代の頬は誇りで火照り、目は炯々と輝いている。

ひとしきり説明が終わるまでは口を挟まなかった社長が、吐き捨てるように言う。

「親父、無駄だぞ。この涼しい顔した奴らに理解する気があるとは思えねぇ。こっちはなにも誤魔化さずに取引状況や数字を出して訴えてきた。だが、役人なんてのは所詮、大企業がうまく回ってりゃ満足で、うちらみたいなのは経産省がこんなプロジェクトを手がけましたって広報に利用して、ダメになったらハイサヨウナラなんだ」

その社長の言葉は決して的外れではない。

特に基彬のように、花形部署と呼ばれるところで経歴を重ねてきた者にとっては身に覚えのあることだった。

実際、中小企業庁に異動になってからというもの、大局には関わりの薄い細々とした案件に煩わされることに、苛立ちを覚えることも多々あった。

いまさっき目にした、先代が部品をひとつ研削するだけの誠意と拘りを、自分はもち合わせてこなかった。

――私は自己欺瞞を重ねてきたんだ。

官僚は、国民の力を最大限に引き出す歯車であればいい。

流動的な社会情勢のなか、調整や法整備でもって国民を守り、伸びようとする業種を支えて国際的な競争力を育むように支えるのが務めだ。

自分はそのつもりでいるのに、陳情に来る者には伝わらないのが残念だ。

そうやって、他人事にしてきたのだ。

この社長は同じようなことを庁舎を訪れて訴えてきた。けれども、その時といまとでは、響き方がまったく違っていた。

こうして金属と切削油の匂いがする小さな工場で、心配そうな顔をした従業員たちを前にして聞く社長の言葉は、彼が背負っているものをなまなましく基彬に突きつけてきた。

家族、従業員、従業員の家族、技術の継承、誇り。

――これは、守られなければならないものだ。

自分はいままで「国民を守る」と軽々しく言いながら、なにを守っている気でいたのだろうか。

いたたまれないほど、恥ずかしかった。

その日、プロジェクトに携わっている町工場を次々と回りながら、怒鳴られたり泣きつかれたりするなかで、基彬は懸命にそれらを受け止め、解決しなければならない問題を我がことととして捉えた。


土曜は丸一日かけて町工場を回り、日曜は自宅で寝間着姿のままプロジェクトの継続と立て直しについてずっと思案していた。外資系企業との競合が絡んでいる事案であり、中小企業庁だけで解決できる問題ではない。根回しが必要だ。

インターホンが鳴って、基彬は我に返った。

いつの間にか時計は二十一時になっていた。

日曜の夜はタスクを定期で押さえてあるのだ。そうすることで月曜からの仕事をなんとか乗り切れる。

「目が充血してるぞ」

顔を合わせたとたん、タスクに指摘された。

「昨夜はあまり寝てないんだ」

「眠れないのか？」

「いや、仕事のことを考えていたら目が冴えて眠りそこなった」

リビングのローテーブルには、ノートパソコンやメモを書き散らしたコピー用紙、土曜に回った町工場のパンフレット類が散乱したままになっていた。それを片付けていると、町工場が写るパンフレットを横からひょいと奪われた。

「懐かしいな」

タスクがパンフレットを眺めながら呟く。

「懐かしい？」

「俺の実家もこんな感じだ」

「そう、なのか」

「ああ。兄が継ぐことになってる」

「前に姪御さんの話をしてたが、その子のお父さんか？」

「そうだ」

そんな普通の会話をしていたら、急にグウ…と腹が鳴った。

タスクが目をしばたたいて、基彬の腹部を見る。

「ちゃんと食ってるのか？」

「昼にパックのゼリーを飲んだ」

呆れた顔で、タスクがアイランドキッチンの向こう側に回り、冷蔵庫を開けた。

「なんにもはいってないな。食材を買ってくる」

急になにを言い出すのかと、基彬は眉間に皺を寄せた。

「食材？」

「簡単なものを作ってやる」

「いや、でもそれは君の仕事じゃないだろう」

「気にするな。仕事が気になって仕方ないんだろ？　やってろ」

そう言い置くと、タスクは軽いフットワークで買い出しに出かけてしまった。

予想外の展開に鼻白みながらも、すぐに書き留めなければならないことが湧き上がってきて、基彬はソファに戻って仕事に没頭した。

タスクが帰ってきて料理を始める。手際よい調理の音が心地よかった。

しばらくすると、カレーの匂いが漂ってきて、とたんに痛いぐらいの空腹感が襲ってきた。

思わずソファから立ち上がり、ふらふらとアイランドキッチンのほうに引き寄せられる。

「米ももうすぐ炊き上がるから座ってろ」

ダイニングテーブルを顎で示されて、基彬は腹を鳴らしながら椅子に座った。身体を起こしていられなくてテーブルに上体を被せる。

そうして九十度横倒しになった視界で、タスクを見る。

今日の彼は身体のラインがわかるぴったりとした七分袖のインディゴブルーのカットソーに

黒いパンツを合わせている。

その色味は、向かい側のホームで彼を見かけたときのことを思い出させた。

不可思議な印象の男だった。

そしていまも、やはり不可思議だと感じる。ストイックな肉体を保持しながらも、どうしようもなく爛れている。心にも身体にも深い疵をかかえたまま、自身を苛み貶めることで罰を受けつづけている。

――……そういう奴にだから、私もこんな姿を晒せるのか。

寝間着のままだらしなくテーブルに身体を伏せて腹を鳴らす姿など、両親にも元妻にも見せたことがない。

――タスクにだから晒せるんだ。

盛りつけられたカレーライス一皿と、小鉢に入れられた福神漬け、グラスに注がれた微炭酸水が運ばれてくる。

なんとか上体を起こして「いただきます」と言い、基彬はスプーンで慌ただしくカレーライスを掬い、口に運んだ。

「ものすごく美味い」

そう感想を述べられたのは、皿があらかた空になったときに噎せて水を飲んだあとだった。

ダイニングテーブルの向かいでコーヒー牛乳をペットボトルからじか飲みしながら、タスクが笑いをこらえる顔で訊いてくる。

「おかわりするか？」

基彬は残りを頰張ると、皿をタスクに手渡した。

ライスと具だくさんのカレーを皿に盛りながらタスクがひとり言のように呟く。

「カレーの匂いを嗅ぐと金曜日って気がするな」

「どうして金曜日なんだ？」

タスクはその質問には答えずに、皿をふたたび基彬の前に置いた。

今度は少し落ち着いてカレーをしっかり味わう。これまで食べたことのあるどのカレーとも微妙に味わいが違う。

「隠し味は、なんなんだ？」

「これだ」

タスクが手にしているペットボトルを揺らした。

「コーヒー牛乳？」

「ああ」

「実家の隠し味なのか？」

「実家ではないが、まぁ第二の実家みたいなところの味だ」

ふた皿目も完食して「ご馳走様」と言うと、タスクがコーヒー牛乳のペットボトルを差し出してきた。

「飲むか?」

「……あ、ああ」

ペットボトルにつけた唇が熱くなる。

間接キスで胸が高鳴るなど高校生か、と思ったものの、考えてみれば回し飲みでこんなふうになるのは初めてだった。

気恥ずかしさを覚えながらペットボトルをタスクに返す。

椅子に座っていても浮遊感があって、瞼(まぶた)が重たくなってくる。

「眠そうだな」

寝不足なうえに胃に血液を取られてくらくらする頭を縦に振りながら言う。

「ベッドに行こう」

眠ってしまう前に、タスクに仕事をしてもらわなければならない。そのために彼は今夜、ここに来たのだ。歯磨きをして眠気を覚まそうと冷水で顔を洗ったものの、ベッドに上がったとたんうつ伏せに倒れこんでしまった。マットレスにどこまでも吸いこまれていくみたいだ。

隣で、タスクが仰向けになる。

「このまま寝るか?」

それではすぐにタスクが帰ってしまう。ほとんど無意識のうちに、基彬はタスクの手首を摑んだ。摑んでから、あんなに逡巡していたことをあっさりとしてしまったことに驚く。

――タスクに触ってる……。

心臓がドクドクする。それに合わせて掌もドクドクしだす。タスクに伝わってしまうと思うのに、手首を離せない。

タスクは手を振りほどいたりはしなかった。

眠気と鼓動と興奮とが入り混じり、頭がまともに働かないまま基彬は、昨日今日で自分のなかに起こったことを口にした。

「昨日、町工場を回って、これまで見えていなかったものが見えた。なんとかプロジェクトを存続させたい気持ちを衝き動かされた。こんなのは初めてで、……私はいま初めて、本当に自分のために仕事をしているんだと思う」

舌がもつれて、呂律がうまく回らないのがもどかしい。

「完璧なつもりで、なにもまともに見ていなかったんだ」

完璧であるために、それを阻害しそうなものから懸命に目をそむけてきたのだ。

同性に対する性的指向がその最たるものだった。

「自分のことが、恥ずかしくなった」

タスクにこんなことを報告して、なにになるというのか。

けれども、この自分のなかに起こった大きな変化を、どうしても彼に……彼にだけは知ってほしかった。

黒い眸が見詰め返してくる。

「基彬」

初めて名前を呼ばれて心臓が跳ねた。

包みこみ、励ますような笑みがタスクの顔に拡がる。

「基彬はいい人間だと、自分は思う」

誰からのどんな賞賛よりも、それは基彬の心に深くまで染みこんだ。

――いい人間……。

涙が目に滲んで、瞼を閉じる。

――いい人間に、なりたい。

それは遥か彼方に見える光のようだった。

そしてその光が生まれたことで、自分の空洞の闇が薄らいだのを感じていた。

目指すべき場所へとひとつひとつ積み上げていくことで、この空洞は埋まっていくのではないだろうか。

期待に胸が震えて、目を閉じているのに眩暈を覚える。

その眩暈に優しく揺られて、基彬は深い眠りに落ちていった。

8

「急に付き合ってもらって悪かったな」

ライトアップされた横浜ベイブリッジを渡りながら、運転席から塔坂が言ってきた。

「高瀬といられたから最高のクルーズだった」

日曜の昼過ぎ、塔坂から電話があってクルージングパーティに誘われたのだ。

今夜は二十二時にタスクが来る予定になっていたから躊躇したが、二十一時には帰れると言われた。

『若手起業家中心の集まりだから、仕事のヒントになる話も聞けるかもしれないよ』

基彬が町工場プロジェクトの立て直しに奔走していることは塔坂も知っている。そのせいもあり、このところ彼の家を訪ねる時間を取れていなかった。

参加することを伝えると、十六時に塔坂が車で迎えに来てくれた。そしてクラシックグレーのメルセデス・マイバッハの助手席へと乗せられ、横浜へと向かった。

パーティには二十代から四十代までの起業家や投資家が集まり、女性も三割ほどいた。夜景と食事を楽しみながらも彼らは貪欲に情報交換をし、新たなパイプ作りに余念がない。

基彬は聞き役に徹していたが、世界を股にかける人間たちの思考傾向を把握するのには大いに役に立った。

町工場プロジェクトの立て直しには、競合相手である外資系企業への対策が必須であり、日本の経済界の枠に囚われない者たちの在り方を知る必要があった。

「とても有意義な時間だった。誘ってもらってよかった」

そう返すと、塔坂が横顔に笑みを浮かべた。

「最近、すっかり仕事人間になってるな」

「ああ。ここまで仕事に真剣になれたのは初めてだ」

橋のうえの強い横風のなかを揺らがずに進みながら塔坂が言う。

「実は、高瀬が立て直しを図ってるプロジェクトの詳細を調べさせてもらった。俺が力になれると思う」

基彬は思わず運転席のほうへと身体を傾けた。

「塔坂の力を借りられたら、ありがたい」

「それじゃあ、町工場の生き残りのために一緒に頑張ろう。昔みたいに」

「この感じ、懐かしいな」

基彬は明るい眼差しを横浜の夜景へと向けた。

マンション近くの路肩で、マイバッハが停まる。

「今日は本当にありがとう」

帰り道で町工場プロジェクトのかかえている問題を討論できて、気持ちが高揚していた。

ドアを開けて降りかけたところで、運転席から軽く肘を摑まれた。

「高瀬、忘れ物だ」

「え？」と振り返ると、唇を唇で潰された。

ふい打ちに驚きつつも、そういえばこの半月ほど塔坂とキスをしていなかったことに気づく。

馴染んだ感触に流されて、シートにふたたび腰が落ちる。

舌を挿れられて、粘膜をくすぐるように舐められた。生理的反応に腰が重たくなる。

……ふと、ペットボトル越しの間接キスが思い出された。そしてまるで浮気でもしているかのような罪悪感がこみ上げてきた。

――でも、私とタスクは、そういう関係ではない。

だから、自分が塔坂とキスすることを後ろめたく感じるのはおかしいし、タスクがほかの客といるところを想像して胸が苦しくなるのも間違っているのだ。

唇を離した塔坂が満足げに囁く。

「今日は積極的だったね。嬉しいよ」

基彬は車を降りると、足早にマンションへと向かった。濡れた唇を手の甲で擦りながらセキュリティドアを開錠してエントランスを抜ける。その時、一緒にはいってきた者がいた。

軽く振り返り、基彬は蹴躓いたように足を止めた。

「タスク…」

無表情の顔が怒っているようにも見える。

——……まさか、見られて。

タスクが基彬を追い抜かしてエレベーターホールへと歩きだす。

基彬は逃げ出したい気持ちに駆られながらも、彼のあとをついていき、エレベーターに乗りこんだ。

エレベーターのなかでも廊下でも、互いに無言のままだった。

玄関ドアを開けたとたん、タスクになかに押しこまれて、激しくドアを閉められた。そのまま壁に背中を押しつけられるかたちで両肩を摑まれる。

「言ったはずだ」

タスクが唸るような声で言う。

「あの男はやめておけ」

やはり、塔坂とのキスを見られていたのだ。

動揺しながらも、強い反発を基彬は覚える。

「君に口を出されるいわれはない」

「風俗やってる男の言葉は信用ならないか？」

「そんなことは言ってないだろう。でも君は塔坂のことをなにも知らない」

「あんたはよく知ってるわけだ」

タスクの親指が基彬の唇に載せられた。

――……ぁ。

皮膚の厚い指の感触に、全身がざわつく。

「あの男とヤったのか？」

じかにタスクの皮膚を感じるだけでつらいのに、指で唇を捏ねられる。腰がぶるりと震えた。

「君、には、関係ない」

「あいつはやめろ。自分にしておけ」

威迫する声音に、基彬は顔を歪めた。

こんなことで感情的になりたくないのに、抑えきれない。

苦い笑いに唇が震える。

「私相手ではイかないくせに、よく言う」

アタッシェケースの玩具を使うことを禁止してからというもの、タスクは一度も射精していなかった。基彬ではそれだけの刺激にならないということだ。

いつも自分だけが達する行為は、虚しく、浅ましいことのように感じられた。

しかし、そもそも客の自慰を見るという風俗の内容なのだから、それを責めるわけにもいかないと、これまで自分のなかに気持ちを溜めこんできたのだ。

「それなら」

唇の狭間に、タスクがぐいと親指を差しこんだ。そのままずぶりと口のなかにはいられる。舌に触られた。

「ん…」

タスクに挑む目つきで見据えられる。

「それなら、自分をイかせてみせろ」

タスクは乱暴に衣類を脱ぎ捨てて全裸になると、ベッドへと先に上がった。枕を除けてヘッドボードに背を凭せかけ、腕組みする。そうして、もたもたと服を脱いでいる基彬へと強い眼差しを向けた。

自分から感情をぶつけてこのような展開になったものの、基彬の敗北はすでに確定しているも同然だった。

タスクを性的に煽るだけの魅力が自分にないことは、これまでの経緯で明らかだ。

しかもそれを補うだけの技術もない。

……その癖、タスクに唇に触られ、指を口のなかに挿れられただけで、身体は痛いほど反応してしまっていた。

下着を下ろすと、腫れた陰茎が弾み出た。見れば、先端はすでに濡れそぼっている。

靴下も脱いで全裸になり、ベッドに膝を載せる。

タスクがみずから筋肉質な長い脚を開いた。脚のあいだに手をついて、四つん這いになる。

重たげに垂れた性器が目の前にあり、なにをすべきかを示される。

緊張のあまり口のなかが乾ききる。

躊躇っていると、棘のある声で言われた。

「あの男にいつもやってるようにしてみろ」

確かに塔坂と寝たことはあるが一度きりで、基彬のほうはされるがままのマグロ状態だった。

基彬は奥歯を噛み締めて気持ちを奮い立たせる。

タスクの陰茎を掌で掬ってみる。

「……っ」

触れただけで身体が震えた。

手指で輪を作り、ぎこちなく扱く。

――触ってる……タスクに。

首筋がドクドクして、こめかみが熱くなる。顔が赤くなる前に上体を伏せた。

這いつくばり、厚みのあるどっしりとした亀頭に唇を押しつける。とたんに、手にしているものが大きく身をくねらせた。手指の輪を内側から押される。

——反応してくれてる。

その反応が消えてしまわないように、基彬は舌を出した。亀頭を舐めまわし、段差の溝を舌先でくすぐる。

幹の裏に芯が通るのを手で感じる。それを指と舌とで、さらに強いものに育てていく。

「う…ん」

タスクが低く喉を鳴らす。

すでに輪にした指先はくっつかなくなっていた。

自分の顎がしとどに濡れていることに基彬は気づく。からからに乾いていたはずの口内に大量の唾液が溜まっていた。舌を動かすたびに、それが口から溢(あふ)れる。

——唾液だけじゃない……。

ペニスもまた硬く反り返り、先端から透明な蜜を漏らしつづけている。

男の……タスクのものを舐めて興奮していた。

少し前の自分だったら、とてもこんな自分は受け入れられなかっただろう。

わななく唇を丸く開く。

唇の輪を引き伸ばしながらタスクのペニスを含んでいく。

なまなましい感触と、麝香と青臭さが混ざった匂いに脳みそを灼かれる。

「ん――っ、む…ん」

タスクのペニスをしゃぶりながら基彬は腰をよじる。

身体中の粘膜が引き攣れているかのようで、つらい。

技巧もないまま無我夢中で舌を遣い、口の粘膜で硬い幹を包む。うっかり喉奥まで含み、えずいてしまう。

「がっつく割に下手くそだな」

感想を後頭部に投げつけられて、冷や水を浴びせられたような心地になる。

口からずるりと抜くと、しかしタスクのものは怒張の筋をまつわりつかせ、苦しそうにヒクついていた。

タスクが身体を下にずらして仰向けになり、頭の下に両手を入れる。

自分はなにもしないから、射精させてみろと言外に伝えてくる。

基彬はタスクを跨いで膝立ちした。

萎える前に新たな刺激を与えなければならない。焦燥感に衝き動かされて、タスクのペニスのうえに会陰部を載せた。そして身体を前後に揺らす。

裏筋にゴリゴリと脚のあいだを擦られて、腰が浮き上がりそうになる。それをこらえて、男の割れた腹部に両手をつき、動きつづける。タスクの先走りで狭間がぬるつき、次第に動きが滑らかになっていく。

「まるで風俗嬢だな」

揶揄(やゆ)されて唇を噛む。

自分のほうが愛撫(あいぶ)しているのに、主導権は完全にタスクが握ったままなのだ。

なんでもいいから、一矢報いたい。

そう思いながら下敷きにしている男の肉体に視線を這わせ——。

タスクの弱点を思い出す。

基彬は目を細めると、覆い被さるかたちで男の両脇のシーツに手をついた。そして視線を合わせたまま、顔を伏せていく。

乳首に舌先で触れたとたん、タスクの鮮やかな眉が歪んだ。

男の理想形そのものの肉体についているには、ふしだらすぎる粒。

それをくにくにと舌で嬲(なぶ)りながら腰を遣う。

「く…う…う」

タスクが顔をそむけて呻(うめ)く姿に、背筋に甘い痺(しび)れが絡みつく。

——もっと、感じさせたい。

こんな、滾(たぎ)るような性欲が自分のなかにひそんでいたとは知らなかった。もういまや、身体中が……内臓までも熱くざわめいている。

さらに強くタスクの性器を刺激しようと腰を大きく動かしたとき、勢いあまってタスクのうえに倒れこんだ。

「ぁ…」

下腹部が重なりあっていた。

二本のペニスが密着している。その重なった場所から鳥肌がバッと拡がった。慌てて腰を上げようとすると、しかし強い両手に臀部を鷲摑みにされた。

「はな、せ」

タスクの性欲をじかに性器に伝えられて、基彬はもがいた。けれども脚に外側からタスクの脚が絡みつき、ホールドされてしまう。

せめて腕に力をこめて上体だけでも起こそうとするのに、力がはいりきらない。

「どうした？　自分をイかせたいんだろ？」

摑まれた臀部を揺さぶられて、性器が擦れる。

ふたりの先走りでぬちゅぬちゅと音がたつ。

頭の奥がチカチカして、基彬はシーツを握り締めた。全身が強張りきる。

「タスク、動かさな――ぁ、…ぁ、ぁあ――っっ」

腰がブルブルと震えた。

ぐったりすると、耳元で訊かれた。

「もう終わりか？」

「く…っ」

基彬は今度こそ腕に力を入れて上体を反らした。膝をついて下腹部を離す。タスクの果てていないペニスは白濁まみれになっていた。

——また、私だけが……。

心が折れかけたが、しかし改めてタスクの身体を見下ろすと、そのみぞおちはきつくへこみ、腹筋が細かくわなないている。

もう少し刺激を与えることができれば、果てさせられるのではないか。

ぐらつく身体を起こすと、基彬はナイトテーブルのうえの引き出しから避妊具を取り出した。タスクに見詰められながら、彼のペニスに薄いゴムを被せる。

そしてふたたび男の腰を跨いだ。心臓がゴトゴトと音をたてている。

ゴムのジェルでぬめる幹を握って角度を調整しながら、腰を下ろしていく。

張り詰めた先端を後孔に押しつける。

「——っ……、ぅ」

すぐに襞（ひだ）が伸びきって痛みが生じる。

それでも体重をかけながら腰をなんとか下ろそうと試みる。

冷や汗が項から背中へと流れ落ちていく。腿がみっともなく震える。

血の気の失せた顔で懸命に男を呑みこもうとする基彬を凝視していたタスクが、ひとつ息をついて上体を起こした。

「自分のものがはいるほど拡がってない」

無言のままタスクを睨みつけてぐいぐいと身体を下げようとしていると、腰を摑まれて上げさせられた。

胡坐をかいたタスクの膝のうえに、向かい合わせになるかたちで座らされる。

「そんな般若の形相で乗っかられてもな」

「……般若って、人が真剣、に」

憤慨にさらに顔を白くすると、タスクが喉で笑い、みずからのペニスからゴムを外した。ここで終了ということなのか。

口惜しさに瞑目していた基彬は、尾骶骨にぬるりとしたものが滑る感触に瞼を跳ね上げた。それが下に流れて、先ほどの無謀なおこないでズキズキしている後孔のうえで止まる。どうやらタスクは外したゴムを指に被せたらしかった。

襞をくすぐるようにされて、基彬の腰がよじれる。

ぬるぬると擦られてはつつかれ、襞がヒクつきだす。そこにぐっと指を挿しこまれた。おそらく一本だけだろうが、内壁がギュッと締まる。

タスクが怪訝(けげん)そうな声で呟く。

「ずいぶんときついな」

なかでくねる指に身体が引き攣れる。

「慣れてないのか？」

目を覗(のぞ)きこまれて、基彬は大きく顔をそむけた。

塔坂との一度きりの行為は七年も前のことだ。

タスクを買うようになってから、どんな感覚なのかと自分で後孔に指を入れたことはあった。

なんとか二本挿れられたものの、気持ち悪いだけだった。

——……なのに、どうして。

タスクの探るような指の動きに、腹部がゾクゾクする。

「あ…っ」

腰が露骨に跳ねて、自分でも驚く。

おそらく前立腺をなかから刺激されたのだろう。知識としてはあったが、自分でやったときはよくわからないままだった。

「……そこは、嫌だ」

みっともなく身体がビクつくのが嫌だった。

「プライドなんて捨てておけ」

ゴムのなかの指が二本になって、なかの凝りを摘まむようにする。

「う…ぁ」

もがいて腰を上げようとすると、なかで指が鉤のように折れ曲がる。釣られた魚のように逃げ場もないまま、身体が跳ねる。

「自分に抱きついてみろ」

「――…」

完璧な男は、男に情けなく抱きついたりしない。

頭にこびりついている思考に阻まれて固まっていると、ゴムのなかの指を三本にされた。

「あ、ぁ」

擦れ声が口を衝き、とっさに逞しい肩をかかえるかたちで抱きつく。

タスクの肉体の厚みと熱をじかに感じる。

自分のなかで、なにかが崩れた。

感じるたびに男の背に指を食いこませて、それを教える。そうするとさらに深い快楽を与えられた。

「ん…ぁ、なか、が」

「ああ。自分の指をぐにぐにしゃぶってる」

四本の指で下から突き上げられて、基彬はみずから脚を大きく開いた。

この浅ましさこそが本当の自分なのだと思い知らされる。

――兄さん、ごめん……。

自分が兄であろうとしたのは、親に強要されたからだった。けれど、そうすることで兄に人生を与えることができているような気持ちもあったのだ。

けれど、やはり自分は自分でしかあれなかった。

完璧な高瀬基暁(もとあき)であることは、自分にはできなかった。

だからもう、兄を生かしてやることはできない。

体内の指がずるりと抜けて身を震わせていると、タスクに臀部を掬うようにもち上げられた。指でたっぷり拡げられた場所に圧迫感が起こる。

ペニスを挿入されながら、基彬はタスクに懸命にしがみつく。

内壁を引き伸ばされる苦しさのなか、たまらない充足感が強い波状を描く。腿で男の胴体を締めつける。

――セックス、してる……。

これまでしたことのある行為とは、根底から違うように感じられた。

内壁が男のかたちに鋳抜かれ、揺さぶられる。その動きに引きずられて、基彬も拙く腰を遣いだす。

「触ってる」

朦朧としながら呟くと、タスクが瞬きでどういう意味かと訊いてくる。

肉体の感覚とともに心の感覚も壊れてしまったのか。

「内臓で、タスクに触ってる」

口が勝手に動き、タスクの項や背中を手が這いまわる。

タスクが震える溜め息をつき、基彬の額に流れ落ちている前髪を掻き上げた。そのまま頭皮を指先で優しく撫でられる。

こそばゆさとともにタスクの情が伝わってきて、頭が痺れる。

「……ずっと……いつも、触りたかった」

体内のものが強くくねり、さらに膨らんだかと思うと、タスクが上体を前に倒した。彼にしがみついたまま基彬は仰向けになる。

膝裏を摑まれて両脚をあられもなく開かされる。

「あ…あっ…そん、な、…に…っ」

脚のあいだにタスクの腰を立てつづけに打ちつけられていく。粘膜の奥深くまで叩くように擦られて、基彬はすすり泣きにも似た声を漏らす。

そうして犯されながら、自制が利かなくなったタスクの様子を陶然と見詰める。

引き締まった精悍な顔のなか、こめかみや目尻は痛そうなほど紅く染まっていた。眇められた黒い眸は欲望の光を溜めこみ、肉厚の唇は腫れて半開きになっている。首筋には強く筋が浮き、身体中の筋肉が性行為のために膨らみ、淫らに蠢く。

それは自罰で快楽を得るときの様子とはまた違っていた。

セックスに没頭するタスクの姿に、基彬の内壁はきつく収斂する。狭まった場所を容赦なく擦りたてられていく。

基彬によがり声をあげさせながら、覆い被さるタスクが責めるような声音で言う。

「自分がイったら、塔坂にはもう深入りしないと誓えるな？」

もう頭も身体も沸騰したようになっていて、なにもまともに考えられない。なによりもタスクが自分の身体で達しそうなほど感じてくれているのが嬉しくてたまらない。

基彬は幾度も頷き、口走る。

「なかに、出してくれ」

タスクが喉が詰まったような顔をして「あんたって人は…」と呟く。

そして機動力の高い肉体を力いっぱい躍動させはじめた。いまにも抜けそうなほど引いたかと思うと、内壁を突き破らんばかりに突き上げる。その動きが次第に小刻みになっていき――。

「ぐ…っ、ぁ、……あぁああ」

吠えるような声を発しながら、タスクがガクガクと全身を震わせた。

彼そのものである種にまみれた粘膜が悦びに激しくわななく。

――タスクを……満たせた。

みずからを苛むことなく、タスクはこの身体だけで快楽を極めてくれたのだ。自分がタスクにとって、たとえ性的な意味だけでも、価値のある存在になれた気がした。

タスクが大きく喘ぎながら視線を下げる。

釣られて見ると、彼の腹部には白い粘液が重ったるく伝っていた。自分のペニスが白い泡のようなものを新たに漏らすのを基彬は見る。自覚もないまま、彼の絶頂に引きずられたのだ。

あまりにも素直な自分の肉体に苦笑すると、ふいに視界が暗くなった。

唇を熱い唇に痛いほど潰され、吸われる。

――触ってる。タスクに、触ってる。

あんなに触りたくてたまらなかった相手に、唇でも体内でも触れているのだ。

果てたばかりの身体がビクビクと跳ねるのを止められない。

「ん…」

体内のペニスがふたたび硬度を増すのを感じる。

基彬はみずから股関節が軋むほど脚を拡げ、再度の性交を促した。

その朝、高瀬基彬は目を覚ました。

混じり気も迷いもない高瀬基彬として目が覚めたのは、初めてのことだった。

隣にはタスクが寝ている。

彼が目を覚ます前に、基彬は涙の滲む目を腕で拭った。

9

経産省別館の小会議室にふたりではいり、明かりを点(つ)ける。

長方形に配置された長テーブルの角席に缶コーヒーをふたつ置きながら、塔坂(とうざか)が怪訝そうな顔で訊いてきた。

「どうして、俺の家では嫌なんだ？」

塔坂から『町工場プロジェクトの最高の解決策を見つけた。今夜、うちに来てくれ』というメッセージが届いたのだが、基彬(もとあき)は仕事上がりの小会議室を指定したのだった。

彼の家でふたりきりで会うことは、タスクが嫌がるからだ。

十日ほど前、一線を踏み越えたあの夜から、基彬とタスクの関係は明らかに以前とは違うものになった。約束していない日でも、タスクはふらりと訪ねてくるようになった。そして当たり前のようにキスをしてセックスをする。

泊っていった朝は、タスクが朝食を用意してくれる。サラダとトーストとハムエッグで、ハムはぶ厚い。

そしてタスクは、基彬からいっさいの金銭を受け取らなくなった。

いまの自分たちの関係がどういう括りなのかはわからないが、タスクといると混じり気のない「高瀬基彬」でいることができる。タスクに心と身体を動かされるたびに、自分というものが彫り出され、克明になっていく。

タスクは自分にとって唯一無比の、特別な人間なのだ。

塔坂と角を挟んでパイプ椅子に座りながら基彬は答えた。

「具体的な仕事の案件は庁舎内で話したほうがいいだろう」

「……ふうん」

探る眼差しを向けられる。

「高瀬、なにか感じが変わったな」

ドキリとしながらも平静を装う。

「気のせいだろう。……それで、町工場プロジェクトの解決策というのはどんなものなんだ?」

塔坂が缶コーヒーのプルトップを開けて、ゆっくりと大きくひと口飲む。そうして焦らす間を取ってから、すっぱりと言った。

「競合企業に合併・買収させる」

言われたことが理解できずに、基彬は塔坂の亜麻色の眸を凝視する。

　かたちのいい唇で塔坂が笑む。

「最高の解決策だろ」

「……合併・買収って、なにを言ってるんだ？　私は町工場を生き残らせる方法を探してるんだ」

　塔坂もそれをわかっているはずだ。

『それじゃあ、町工場の生き残りのために一緒に頑張ろう。昔みたいに』

　クルージングパーティの帰りの車内で、確かに彼はそう言ってくれた。

「だから、町工場を生き残らせる方法を提示したんだが？」

「……」

　混乱している基彬に溜め息をついて、塔坂が机に頬杖（ほおづえ）をつく。

「高瀬は、町工場のなにを守りたいんだ？」

　金融課の佐々木とともに町工場巡りをした日のことが甦（よみがえ）ってくる。

「町工場がかかえているものだ。経営者と従業員、その家族の生活、それに技術の継承だ。町工場には長年にわたって培われてきた緻密な技術がある」

　塔坂が深く頷く。

「それらはすべて、競合企業に合併することで守られる。もちろんうまく交渉する必要があるが、それは経産省主導で可能だし、実績もある」

確かに経産省が企業間の合併・買収を取り仕切った前例はある。

けれどもそれは自分が望んでいるものとは大きくかけ離れていた。

「でも……」

基彬は抗う。

「彼らの誇りはどうなる？　外資系に呑みこまれた町工場の人たちの誇りは……」

塔坂は揺らがない。

「逆に言えば、誇りさえ捨てればほかのすべての問題が解決するわけだよ。誰も路頭に迷うことなく、技術は大きな流れのなかに取りこまれ、活用されるだろう」

「――――」

それはクルージングパーティに集まった若手起業家たちの思考回路と同じだった。ノールールのゲームで、いかに勝ち抜くかというものだ。

テーブルのうえで握られた基彬の拳に、塔坂が手を被せてくる。

「俺は世界を見てきた。この先、国境はどんどん意味をなくしていく。いや、すでに経済においては地続きも同然だ。そこで日本人がどうやって生き残っていくかを考えることこそが、官僚の務めだ」

塔坂の言葉を否定できるだけのものがない。

けれども心情的に、どうしても納得したくなかった。

塔坂が半眼になり、高みから俯瞰(ふかん)しているかのような表情を浮かべる。

彼の眸には、町工場の光景もそこで懸命に踏ん張る人々の姿も、米粒ほどにも映っていない。

……でもだからこそ、彼は国境など関係のない仕事で成功を収められたのだろう。

人情がないと彼を詰(なじ)るのは簡単なことだ。

しかし果たして、この激しく変動していく世界で、どうすれば生き残ることができて、なにが破滅に繋(つな)がっていくのか——。

基彬は塔坂の手の下から手を引き抜くと、立ち上がった。

「熟考させてくれ」

頬杖をついたまま、塔坂が口許(くちもと)にひんやりした笑みを浮かべる。

「高瀬、感傷では人は救えないよ？」


気持ちが波打ったまま基彬は自宅マンションへと帰った。

リビングの明かりを点けないままキッチンスペースに行き、ミネラルウォーターを飲もうと冷蔵庫を開ける。

内側から漏れる光に照らされた基彬の顔はふっとやわらいだ。

離婚して妻子が去り、実家からも食品類が送られてこなくなってからというもの、冷蔵庫のなかには酒以外のものはなくなっていた。しかしいまは、タスクが朝食を作るための卵やハムのほかにも、ふたりで軽く食べるためのチーズやピクルスの瓶、タッパーなどが並んでいる。

基彬はタッパーを取り出すと、蓋を開けた。

昨夜、タスクが作ってくれたカレーの残りだ。

それを温めてダイニングテーブルで食べていると、次第に身体が内側から温かくなってきた。

——生活とは、こういうものだったんだな…。

結婚していたころは、夫と父という追加された役目を完璧にこなすのに必死で、生活を感じることはなかった。

幼い梨音の前ですら緊張していた。

かたちばかり整えようとして、そこに心はなかった。

芙未の嘘に心が揺れることもなく、梨音がおそらく自分の娘ではないのだろうことにも悩みはしなかった。

「……塔坂のことを、なにも言えないな」

自分はいつも完璧な代用品であることに精一杯で、周りの人間のことも自分の気持ちも、まともに見てこなかったのだから。

スプーンを皿に置く。

「タスクと、生活をしたい」

呟きを自分の耳で受け止めて、それが本心なのだと知る。

ダイニングテーブルに両肘をついて指を組んだ手の甲に両目を押しつける。

タスクはこんなふうに、「高瀬基彬」に出会わせてくれる。

これが本物の自分で、本当の自分の気持ちなのだと確信がもてる。

そんなことをできるのはタスクだけだ。

——……でも、タスクは私だけのものではない。

いまここにいないということは、おそらく彼は客に買われているのだろう。

泊まっていく日が増えてから、深夜かならず彼のスマホにメッセージが届くことに気づいた。

オナクラデリバリーの店長からの定期連絡だとタスクは言い、「達川（たつかわ）」という名前が表示されているディスプレイを基彬に見せた。わざわざベランダに出て、折り返しの電話をすることもある。

彼ほどのキャストなら多くの指名客をかかえていて、スケジュール調整が必要なのだろう。

そのことを考えると胸が焼けついて、頭がズキズキする。

嫉妬がいたたまれないほど苦しいものなのだと教えてくれたのもタスクだった。

「……、っ」

組んだ指をほどき、掌で両目をきつく覆う。

掌が湿る。

嗚咽（おえつ）を殺そうと努めていた基彬は、インターホンが鳴る音に、反射的に立ち上がった。座っていた椅子が音をたてて引っくり返るのもかまわず、壁のモニターへと駆け寄る。その粗い画面に浮かぶタスクの顔に指を這わせる。

エントランスドアのセキュリティを解除すると、基彬は玄関を出て、そのままエレベーターホールに向かった。

エレベーターのドアが開き、なかのタスクが目を丸くする。

「なにかあったのか?」

箱から素早く降りながら心配そうに訊いてくる。

「……なにも、ない」

「でも目が赤いぞ」

ふいにタスクの顔つきが険しくなる。

「まさか、塔坂になにかされたのか?」

基彬は首を横に振ると、タスクの手を摑んで廊下を歩きだす。擦れ違う住人にジロジロと見られたが、手を離したくなかった。

「本当に、どうしたんだ?」

玄関にはいってから再度訊かれ、基彬は「渡したいものがある」と絞り出す声で答えた。

リビングの椅子の背にかけておいたジャケットから財布を取り出すと、タスクが鼻白む。

「金ならいらないと言ったはずだ」

金でタスクのすべてを買えるものならば、そうしてしまいたいところだが。

基彬は財布からカードを一枚抜いて、差し出した。

タスクがそれを受け取り、目をしばたたく。

「それがあれば、エントランスも通れるし、この部屋にもいつでもはいれる」

淡々と言いながらも、心臓はいまにも肋骨(ろっこつ)を突き破りそうだった。

タスクが無言のままでいるのが怖い。

金銭のやり取りがなくなったものの、ついこないだまで自分は客のうちのひとりに過ぎなかったのだ。浮かれて勘違いをしていると思われたのかもしれない。

……気持ちが揺れすぎて、乗り物酔いをしているかのようだ。タスク相手だと、よくこの症状に見舞われる。

タスクに厳しい表情で正面から見据えられて、緊張に胃が気持ち悪くなる。

「これは同棲(どうせい)ってことでいいのか？」

「――」

一足飛びの同棲という言葉に動揺を覚えつつも、基彬は頷いた。

タスクと生活したいということは、要するに一緒に暮らしたいということだ。

「そう受け取ってもらってかまわない」

「その言い方、官僚っぽいな」

からかうように言ってから、タスクが唇を重ねてきた。


和風居酒屋の畳敷きの個室に、いかにも元ラガーマンらしい大きな体軀の男がはいってきて、頭を何度も下げた。

「すみません。出ようとしたら雑用押しつけられて」

「かまわない。お疲れ」

「そういえば今日の昼、経団連の副会長が事故に遭いましたよね。一命は取り留めたみたいですけど」

木製ハンガーにジャケットをかけながら小久保が言う。

「これで政財界の重鎮の事故は八件目か」

「こないだ週刊誌に特集組まれてましたけど、一部上場企業の重役まで範囲を拡げると二十人行くとか行かないとか」

偶然ではとうてい片付けられない状況だが、しかし警察は「事件性なし」の発表を繰り返している。その一方で官庁街を警邏する警察官は増えていき、それが日常の光景と化していた。

「あー、腹減った」

小久保がおしぼりで手と顔を拭いつつ、料理を決めてコールボタンを押す。

甚平姿の店員にオーダーを出してから、小久保は基彬の前に置かれているグラスを見た。

「それ、アルコールですか？」

「ウーロン茶だ。最近どうも胃の調子がよくないんだ」

「え、大丈夫なんですか？」

「たまに気持ち悪くなるだけだ。大したことはない」

小久保が心配そうに座卓に身を乗り出す。

「こないだ同期が胃潰瘍で入院したんですよ。気持ち悪くなるのは食後ですか？」

胃が気持ち悪くなるのは、決まってタスクといるときで、しかもまだ一週間足らずとはいえ同棲といっていい生活が始まって、その頻度は増していた。

「いや……特定の相手のことを考えたり、その相手と一緒にいたりするときだ。乗り物酔いをしたみたいになる」

「苦手な相手ってことですか？」

「それはない」

被り気味に答えると、小久保がにやりとした。

「もしかして特に親しい相手ですか？」

「ああ、まぁ」

小久保がしたり顔で、太い腕を胸の前で組む。

「なんだ。恋煩いですか」

「……恋？」

「ストレスホルモンが出て、具合悪くなるそうですよ。俺もいまの彼女と付き合いはじめのころ、よく胃が気持ち悪くなってました」

曲がりなりにも離婚歴のある三十二歳が恋煩いで具合が悪くなるなど、受け入れたくない。しかし乗り物酔いをしたようになるのは、いつもタスク絡みだった。

苦い顔でウーロン茶を口にする基彬に、小久保が先輩面をする。

「がっつり両想いになって慣れたら平気になりますって」

「……さすがにそれは難しそうだ」

基彬ですら、恋をしているなどと改めて考えたことはなかったのだ。

不特定多数を相手にする仕事をしているタスクのほうはなおさら、そういう意識が薄いに違いない。

――いま生活をともにできていることだけで、満足すべきだ。

多くを望みすぎれば、タスクは逃げ出すかもしれない。

それに自分自身が、果てしなく貪欲になっていきそうで怖かった。

料理が座卓に並んだところで、基彬は今日の本題に水を向けた。

「塔坂のことでなにか相談したいそうだな？」

おとといの晩、小久保からそのようなメッセージが届き、この場をもうけることにしたのだ。

小久保の四角い顔がみるみるうちに曇っていく。

「……あの人のコンサルティング能力は確かに突き抜けてますが、国の運営とビジネスを混同しすぎじゃないかと思うんです」

ビールで口を湿して小久保が続ける。

「このところ与党議員にも働きかけて、官僚主導で民間企業の合併・買収を大々的におこなえるように法整備をする方向で動いてるんです。パラシフ派は完全に塔坂さんに心酔していて、手足になってます」

「官僚主導の、合併・買収か……」

町工場プロジェクトのことが頭に浮かび、基彬の表情は厳しくなる。

「確かに、民間企業の合併・買収を経産省が取りまとめたことはありますが、塔坂さんが目指してるのはまたレベルが違うんです。業界ごとの収益が最大限に上がるように官僚が民間企業を合併させる必要がある――それが日本が世界で生き残るのに必要なことだって言うんです。確かにそうなのかもしれませんが、俺はどうしても賛同できなくて……」

小久保の懊悩(おうのう)は痛いほどわかる。

『この先、国境はどんどん意味をなくしていく。いや、すでに経済においては地続きも同然だ。そこで日本人がどうやって生き残っていくかを考えることこそが、官僚の務めだ』

あの塔坂の言葉に反論することができなかった。

塔坂は世界目線から俯瞰して日本を見ていて、自分も小久保も日本の地面に立って世界を見回している。

けれども塔坂の目線からは人間のひとりひとりは見えない。だからこそ平気でその心を踏み躙ることができるのだ。

『高瀬、感傷では人は救えないよ？』

ひややかな笑い含みの声が耳の奥から聞こえた。

小久保と別れて帰宅すると、タスクがすでに家にいた。まだその状況に慣れていないせいで、リビングでトレーニングをしているタスクに「おかえり」と言われて、無性に照れくさい気持ちになる。

ジャケットを脱いでネクタイを外し、基彬はミネラルウォーターをそそいだグラスを片手にソファに座った。そうして、スウェットパンツのみを身に着けた姿で親指だけでの腕立て伏せにいそしむ男を鑑賞する。

正しく筋肉を積み重ねた肉体は、いま使われている部位をくっきりと浮き立たせる。基彬は釣られて、自分の腕や背の筋肉に緊張を覚える。

汗に濡れた肌の下で膨らんだ筋肉が蠢くさまは、ストイックでありながら卑猥だ。

眺めているうちに、また乗り物酔いに似た感覚に襲われて、基彬はソファから立ち上がり、なかば逃げるようにバスルームへと向かった。

全裸になって頭から冷たいシャワーを浴びる。

俯き、自身の下腹部で勃っているものを見下ろす。

——恋煩い、か。

娼夫に本気になるなど、まともではない。

でも間違いなく、自分はこれまでほかの誰にも覚えたことのない繋がりを、心でも肉体でもタスクに感じている。この世でただひとり、彼でなければならないのだ。

誰かのことでこんなふうに思い詰めることを、恋というのだろう。

シャワーに打たれたまま壁に嵌められている鏡に手をつき、その相手を恋しがっている陰茎を握りこむ。目を瞑ると、ストイックに律動する男の身体が瞼に浮かび上がる。その動きに手を合わせていく。

前の刺激だけでは物足りなくて、後ろに手を回して孔をいじり、中指とくすり指を粘膜に含む。

「ん…う…は」

腰をよじって呻き声を漏らすと、ふいに背後でバスルームの扉が開けられる音がした。

慌てて体内の指を抜こうとしたが、その前に手首を掴まれた。後ろから身体を重ねてくるタスクは裸だった。硬いものをゴリッと尻たぶに押し当てられる。

少し不機嫌そうな声に耳元で命じられる。

「自分のいないところでは、二度とするな」

「……なにを言って」

「セックスもオナニーも、自分のいるところでだけしろ」

基彬は首を捻じってタスクを横目で睨む。

「そんな勝手な、こと――っ、…ぁっ、あ」

すでに二本の指を含んでいるところに、タスクの中指を加えられた。粘膜のなかで、指に指が絡みついてくる。

「ほら、ここだ」

自分の指先で内壁の凝りを擦らされて、腰が跳ねる。

「ぃ…や、だ。指…」

正面の鏡越しに、タスクの視線が顔や身体を這いまわる。

「こんなあんたを、一度も見逃したくない」

その言葉に、鏡に映るペニスが嬉しそうに頭を振る。内壁が素直にわななないて、三本の指をギチギチと締めつける。

顎の下に手を入れられて顔を上げさせられた。

鏡に映る顔は、自分のものとは思えないほど蕩けている。

心の反応まで剝き出しにされて、タスクに眺められていた。

「この顔を絶対にほかの奴に見せるなよ。いいな？」

頷くと、体内から指を抜かれた。基彬の指も一緒に抜ける。

腰が内側からジンジンしてしゃがみこみそうになると、腰を両手で摑まれて支えられた。咥えるものを捜してヒクつく後孔に、強い圧迫感が生じる。

「ぁぁあ、ぁあっ…あっ――」

太い幹にぐうっと粘膜を押し拡げられ、基彬は上体を反らし、鏡に爪を立てる。思わず踵を浮かせたが、下から突き上げられて、根元まで受け入れさせられる。

「く…ふ」

立位の行為のつらさに、基彬の腹部はわななき、引き攣れた。そのさまを大きな掌で読み取られる。

さらに鏡に縋りつこうとすると、タスクの腕が脇の下にはいってきた。

羽交い絞めにされて鏡に向き合わされ、基彬は羞恥のあまり男の腕に爪を立てた。それでいて、タスクに貫かれている自分の姿から目を離せない。

タスクの身体にかかるシャワーが、重なる基彬の身体にも伝う。冷たい水が、内側から沸騰している身体にまとわりつきながら流れ落ちていく。

「タス…ク」

甘い声を発する自分の口許を、ねだるようによじれる自分の腰を、焦れてくねる自分のペニスを、基彬は見る。

鏡越しにタスクを見ると、彼は精悍な顔に欲望をしとどに溜めて、基彬の姿を舐めるように凝視していた。全身の筋肉が膨らみ、臨戦態勢にはいっている。

もうこらえられなくなって、基彬は呟いてしまう。

「……動いて、くれ……早く」

とたんにタスクの最後の禁欲の糸が切れた。

猛然と突き上げられて、基彬は半開きの唇を震わせる。

タスクの動きのまま、反り返った茎が根元から上下左右に千切れそうなほど振りまわされる。

「待…足が届かな…」

爪先立ちがつらくなって足掻(あが)くと、タスクが羽交い絞めを解いてくれた。鏡につこうとする手を摑まれて、背後の彼の太い首に腕を巻きつけさせられた。

「しっかり摑まってろ」

言われたとおりにすると、タスクの手が腿の裏側にはいってきた。

「え…? ぁ、く、ああ」

タスクにかかえられた身体が「ん」の文字のかたちで宙に浮く。基彬はとっさに両足の裏を鏡についた。わずかながら体勢が安定して安堵したが。

「ぜんぶ見えてるな」

指摘されて、基彬は眉を歪めた。

鏡にはタスクのものを深々と含んでいる後孔までもが映っていた。

——あんなに、拡がって……。

行為の最中のその部分を見るのは初めてで、あまりのなまなましさに基彬は寒気を覚える。

「っ…、そんなに締めつけるな」

タスクの言葉に、よけいに内壁がきつく締まる。

「下ろして、くれ——んっ…っ、…は…ぁっ」

頼みを無視して、タスクが腰を忙しなく突き上げはじめた。

振り落とされまいと懸命に噛みつく粘膜のなかを荒々しく擦られていく。

両脇を伸ばしきるかたちでタスクの首に回している腕が、負荷に耐えられなくなる。鏡を踏み締める脚の力も失われた。

腿の裏を支えるタスクの両手と結合部分だけに基彬の身体の重みがかかる。

自分のなかにズクズクと突き立てられるペニスに、視線も意識も搦め捕られた。

「だ…め、だ……腹、が——熱、っ」

強烈すぎる快楽に基彬は涙ぐみ、支えられている脚をガクガクと震わせる。

「こういうあんたを、見たかった」

耳元で囁かれて、基彬の肉体は内側から引き絞られ、タスクのものを搾り潰さんばかりに締めつけた。

自分をかかえる男の身体が激しく震える。体内のペニスが大きく悶えて、爆ぜた。

「つぐ、吸い、取られてる――」

タスクの言葉どおり啜るような動きを内壁で繰り返しながら、基彬は鏡へと白濁を幾度もぶつけていった。


目が覚める。横倒しの身体を、背後から体温の高い大きな肉体に包みこまれている。胸に回されている逞しい腕に触れて、基彬は深く息をつく。

こんな朝が一ヶ月後にも二ヶ月後にも……一年後にも、訪れたりするのだろうか。

そうであってほしいと強く願い、ついタスクの腕に爪を立ててしまう。

「ん――」

痛みで目が覚めたらしく、タスクが額を後頭部に擦りつけてきた。それがくすぐったくて身を震わせると、タスクも笑いの振動を伝えてきた。

タスクが上体を起こしながら基彬の身体を仰向けにする。

そうして唇を重ねようとして、黒い目を眇めた。

「昨日、激しくしすぎたか？」

額を撫でられる。

「つらそうな顔をしてる」

微笑しているつもりでいたのだが、自分の頰に触れると強張っていた。

——……わかっているからか。

タスクは自分だけのものにはならない。この朝はいつまでも続かない。

それが、つらくてたまらない。

「なにかあるなら、言葉で言ってくれ」

「……」

求めすぎて逃げられるのは怖い。

けれどもどうしても——たとえそれがいっときの口約束だったとしても、タスクからの言葉が欲しかった。

タスクの眸を直視できずに目を伏せ、眉根を寄せる。

「………、いまの仕事を、辞める気は、ないのか？」

その言い方が精一杯だった。

長い沈黙に耐えきれず、瞼が痙攣する。

タスクが身体を重ねてきた。素肌が密着して、体温が伝わってくる。乗り物酔いをしているかのような眩暈に襲われて、基彬は目を閉じる。

「辞めてほしいのか？」

尋ねられて目を瞑ったまま頷く。

シーツと背中のあいだに逞しい腕がもぐりこんでくる。

「そうか」

骨が軋むほど、きつく抱き締められた。

「今夜、達川さんに会うから話してみる」

その晩、タスクは帰ってこなかった。

その次の夜も、さらに次の夜も、帰ってこなかった。

彼のスマートフォンに電話をかけても留守録に回されるばかりで、メッセージを送っても返事が返ってくることはなかった。

——……失敗、した。

仕事から帰宅し、基彬は今日も真っ暗なリビングのソファで頭をかかえこむ。

やはり求めすぎてはいけなかったのだ。

自分にとってタスクは唯一無比の相手だったが、タスクにとって自分はそうでなかった。こんなことになるのなら、キャストと客というかたちで金銭で繋がりつづけておけばよかった。特別な関係に踏みこんだ結果、自分はタスクを失ったのだ。

10

今朝もソファで目を覚ます。

タスクが帰ってこなくなって三日目の夜から、ベッドで眠るのをやめた。

彼のために空けている右半分があまりに広く感じられて、失ったものを突きつけられる。

それに、なによりも朝がつらかった。

最後の朝のひとときが嫌でも甦ってくる。あの時、仕事を辞めてほしいなどと言わなかったら、タスクはいまも横で眠っていたのではないか。時間を巻き戻せるのならば、決して二度と、自分の願いを口にしたりはしない。

タスクがいなくなってから、高瀬基彬の輪郭が日に日に曖昧になっていくのを感じている。かといって、もう「高瀬基暁」の代用品にも戻れない。

——私は……なんなのだろう？

だるい身体で身支度を整え、マンションを出る。

秋空は冷ややかな薄青色をしている。

自分もその薄い色に溶け消えていくような心地で歩を進めていくと、いつの間にか横に男が並んでいた。

「高瀬、おはよう」

ここのところ毎朝、塔坂(とうざか)と一緒になる。

「今日は町工場プロジェクトの会議だね」

基彬は塔坂に官僚主導で企業の合併・買収をおこなうことに異議を唱えつつ、町工場とクライアントのパイプの強化に奔走してきた。実際、手応えもあり、光が見えてきたところだった。それを今日の、町工場の経営者たちも集まる会議で報告するつもりだ。

「十四時からだったな。有意義なものにしよう」

「ああ。楽しみだな」

基彬は横目で塔坂の顔を見る。

そのかたちのいい唇には隠しきれない含み笑いが滲(にじ)んでいた。

経産省本館の高層階にある会議室に並べられた長テーブルには、町工場プロジェクトに携わる十七人の経営者と、関係部署の経産省官僚たちが着席していた。小久保(こくぼ)や金融課の佐々木(ささき)、それに「パラシフ派」に属する者たちの顔もある。

基彬は彼らと対面するかたちで置かれた長テーブルに、塔坂と並んで腰を下ろした。

角部屋にある会議室の窓からは皇居の緑と官庁街を望むことができ、ここが日本の中枢であることを誇示している。いつもは威勢のいい町工場の社長たちも今日は着なれないスーツ姿で、居心地が悪そうだ。

基彬は社長たちの顔へと視線を巡らせ、かすかに眉根を寄せた。

まっすぐ視線を合わせてくる社長たちもいたが、なぜか数人の社長が露骨に顔をそむけたり俯(うつむ)いたりしたのだ。

怪訝(けげん)に思いながらも、基彬は町工場の高品質を維持する仕事は、特に医療関係の機械メーカーからの需要が高いため、そのラインを強化拡大させていくプランが進行中であることや、それによって競合する外資系企業との住み分けを図ることを、プロジェクターをもちいて具体的な数字やグラフを示しながら説明した。

「さすがに高瀬は手堅いな」

塔坂がいかにも感心したふうに拍手をして、耳打ちしてきた。

「その力をぜひとも、俺のプランのために使ってもらいたいな」

「塔坂課長のプランとは、どのようなものでしょうか?」

マイクに声を乗せて尋ねると、塔坂が肩をすくめ、自分のマイクをスタンドから引き抜いて口許(くちもと)に寄せた。

「いまの高瀬課長補佐の計画は、経産省のこれまでの在り方を踏襲したものとしてはよくできています。しかし、この先は、そのような手法では生き残れません。企業の外資化は着実に進行し、経済界においてすでに国境の概念は消失しつつあるのです」

塔坂は会議室にいる者たちをゆっくりと見回した。

パラシフ派の者たちの顔に、信奉者の陶酔が浮かぶ。

「官僚の仕事とは、国民ひとりひとりの生活を守ることです。それを実現するためには賢い立ち回りが必要であり、その方法を示すことこそ、これからの官僚がなすべきことなのです」

――塔坂には、そのひとりひとりが見えていない。

険しい視線を向けると、亜麻色の眸がこちらをちらりと見て、眦に笑みを漂わせた。

そして前方中央に固まって座っている町工場の社長たちを見据えた。

「その方法とは、外資系企業を利用して生き残りを図ることです。合併されても有利な立ち位置を守り、技術と生活を繋ぐ。それに賛同してくださった経営者の方は挙手をお願いします」

急になにを言いだすのかと基彬は鼻白む。

場内がシン…と静まり返る。

そんな提案に賛同する経営者がいるわけがない。そう基彬は思ったのだが。

俯いたまま白髪の社長が弱々しく手を上げた。それを皮切りに、ひとり、またひとりと気おくれした様子で手を上げていく。

十七人のうち八人が、塔坂に賛同を示した。

「そんな…」

改めてその八人の社長を確認して、基彬は気が付く。

町工場を巡って話を聞くなかで、プロジェクトの続行に気持ちが折れかかっている社長たちがいたが、いま手を挙げている八人と完全に合致していた。

残りの九人の社長たちは仲間の離反に驚いて目を剝いている。

——……要するに、脈のありそうな社長に絞って、塔坂は打診をしたわけだ。

けれどもどうして塔坂が、どの社長なら靡くと見極めたのか。それをわかっているのは、町工場巡りをした自分と……。

基彬は、佐々木へと視線を向けた。

一瞬目が合って、眼鏡の下の目が伏せられる。

果たして、佐々木はあとから懐柔されたのか、それとも町工場巡りをもちかけてきた時点で、塔坂の息がかかっていたのか。だとしたら、かなり早い段階から塔坂は基彬の仕事内容を把握していたことになる。

——経産省内の至るところにパラシフ派はいる。情報を集めるのは容易いか。

町工場プロジェクトを内側から瓦解させ、外資系企業に合併・買収されるしか道はないという空気を、塔坂はこの会議で見事に作ったのだった。

挙手しなかった社長のうちのひとりが、隣に座る挙手した社長の肩を摑んで揺さぶった。

「野嶋さん、いったいどうしたってんだ？　こないだまで、プロジェクトをもう一度盛り立てていこうって言ってたじゃねぇか」

「——従業員を守らないとならないんだ」

「それはどこだって同じだろうがっ」

亀裂を見せつけられて、基彬は居ても立ってもいられなくなる。立ち上がり、声を張った。

「外資系企業への合併を、こちらが強要することはありません！　私のほうから改めて、問題点やリスクについて皆様にご説明します。いまは、いったん保留としてください」

塔坂が余裕の顔で、マイクに声を乗せる。

「高瀬課長補佐の言うとおりです。最終判断を下すのは、皆様ひとりひとりです。こちらはそれを尊重します」

本来であればこの後、質疑応答をおこなう予定だったが、それはさらなる亀裂を生むことにしかならないと踏んで、基彬は強引に会議を終了させた。

基彬は詰め寄ってくる社長たちに懸命に対応し、なんとか気持ちを収めてもらった。彼らを庁舎のエントランスで見送り終えて肩を落としていると、塔坂がすっと横に立った。

「いくら保留にしても、もう流れはできてしまったよ」

憤りに腸を煮えくり返らせながら、基彬は低い声で断じる。

「丸めこむことを尊重とは言わない」

「丸めこんで納得させれば、結果的に尊重したことになる」

基彬は改めて塔坂を凝視した。

この男は本当に、自分が知っている塔坂穣なのだろうか？

「……向こうで、なにがあった？　いつからそんな考えになったんだ？」

離れている七年のあいだに、まったくの別人になってしまったとしか思えない。

見返してくる塔坂の眸はガラスのように無機質だった。

「違うね。考えが変わったから、向こうに行ったんだよ」


会議からおよそ一週間、基彬はルーティーンの仕事以外のすべての時間を町工場プロジェクトに携わる会社への説明と説得に費やした。このプロジェクトが塔坂の手法に呑みこまれてしまったら、官僚が民間企業同士を都合よく合併・買収させることを許す大きな土台となってしまう。それだけは絶対に避けたかった。

『合併されても有利な立ち位置を守り、技術と生活を繋ぐ』

そんなことは詭弁だ。

培ってきた技術を吸い取られ、しかも職人としての高度な技は汎用型に取りこまれて劣化する。外資系の雇用は、日本と比較にならないほどドライだ。旨みがなくなれば使い捨てられ、町工場の者たちはすべてを失うことになるだろう。

そして長い目で見れば、それは国益にすらならない。

——塔坂の本当の狙いは、なんなんだ？

ひとつ定かになったのは、自分の目が曇っていたということだ。

塔坂のほうが正しいのかもしれないと心が迷ったこともあったが、いまは彼の冷徹さがくっきりと見える。

日本が生き残るためにパラダイムシフトが必要だというのは、間違ってはいない。それを否定していた点は自分のほうが頑なすぎたといまは思う。完璧な官僚であろうとするあまり、保守的に凝り固まっていたのだ。

けれども変革は塔坂が率いるものであってはならない。

彼は国民を手駒として使い捨てることしか考えていないのだから。

あの会議からこちら、憤りと闘争心が胸に燃えていた。

このような一面が自分にあったことに驚きを覚えつつ、これが「高瀬基彬」なのだと受け入れていた。

この本当の自分を起動させてくれたのは、タスクだった。

彼との時間と関係がなければ、いまの同じ状況でも自分はこのように心を燃やすことはなかったに違いない。

タスクに、会いたくて仕方ない。

それもまた燃えるような想いだった。

自分は……高瀬基彬は、タスクに初めての恋をした。

そして初めて恋を失ったのだ。

それは心を抉られる痛みだった。

いい年をした大人なのだから、失恋ぐらい受け流すのが世の道理だろう。

――でも、諦められない。

たとえストーカーだと誹られようとも、いま一度タスクに会いたい。

どうしても関係を終わらせるというのならば、せめて彼の口からはっきりとそれを聞きたい。

そうでなければ未練で、心が焼け爛れつづけることになる。

――なにか、手がかりはないのか？　もう一度タスクと会える手がかりが。

その晩、栄養補助食品のゼリーを口にしながらリビングをぐるぐると歩き回っていた基彬は、ふいにゼリーの袋をローテーブルに投げおくと、寝室へと駆けこんだ。

ベッド横のナイトテーブルの下の引き出しを開ける。

そこには一対のカフスボタンと名刺がはいっていた。ホテルにタスクが押しかけてきたときに置いていったものだった。あの時、ホテルにこれらを捨ててこられなかったのは、彼と繋がりたいと心のどこかで思っていたからだったのか。

名刺にはタスクの携帯番号のほかに、Club Rad Jinx という店の電話番号が記されていた。

もともと店を通しての関係ではないうえに、自分はタスクから拒絶されている身だ。ただ店に連絡をしても軽くあしらわれるだけだろう。

ベッドに腰かけて名刺を睨み、基彬は懸命に考えを巡らせる。

『前職を続けられなくなったとき、元上司からスカウトされた』

タスクは風俗の仕事を始めたきっかけをそう話していた。

おそらく、元上司というのは店長の達川のことだろう。

――前職は、いったいなんだ？

夜のベランダで会話をしたときのことが思い出された。

『国のためっていうと大義名分があるみたいに聞こえるが、所詮はそれも自分のためだ。それをわかっていなければ、小さな歯車の役目すら果たせず、なにも為せない』

揺らぎのない言葉と視線だった。

あれはきっと前身の経験や価値観から紡がれたものだ。

思えば、初めて駅のホームで見かけたときからずっと、不協和音のような不可思議さをタスクに感じてきた。

爛れた色香をまといながらも、その肉体は見せびらかすためではなく機能的に鍛えられていた。性的なことの最中ですら、自身を追いこむ姿は厳しく、ストイックで……。

『自分』という一人称も、奇妙な印象だった。

――体育会系がそのまま仕事になって、さらに鍛錬されていったような。

例えば、警察官や消防隊員、自衛隊員などか。

ベランダで言っていた内容も、公務員だとすれば腑に落ちる。

まだなにか大切なヒントを見逃している気がして考えこみながら、リビングへと戻る。袋入りのゼリーを手に取り、味気ない気持ちになる。

――タスクのカレーが食べたい…。

そう思ったとたん、耳の奥で声が甦った。

『カレーの匂いを嗅ぐと金曜日って気がするな』

「金曜日のカレー…」

基彬はローテーブルのうえのノートパソコンを開くと、検索をかけた。すぐに欲しい答えはヒットした。

自衛隊では金曜日にカレーを食べる。元は海軍で曜日感覚を保つために曜日を決めてカレーを食べていたそうだが、陸上自衛隊でもその習慣はあるらしい。そして、陸上自衛隊のカレーの隠し味がコーヒー牛乳であるという情報も、検索に引っかかってきた。

初めてカレーを作ってくれたときの会話が思い出される。

『実家の隠し味なのか？』

『実家ではないが、まぁ第二の実家みたいなところの味だ』

自衛隊で寮生活を送っていたのなら、第二の実家という表現もしっくりくる。

それに元自衛官というのは、タスクの肉体の鍛え方や、爛れても喪われない硬質な空気にしっくりと嵌まる。

かなりの確率で、この読みで間違いないだろう。

——だとすると、スカウトした元上司というのも自衛隊にいたことがあるわけか。

一気に視界が開ける。

基彬はスマートフォンを取り出すと、名刺にある番号に電話をかけた。六コールで電話が繋がる。

『クラブ・ラッドジンクスです』

若い男の声だ。

基彬はクレーム客を装い、険しい声音で告げた。

「達川さんに話がある」

『あの…、どのようなご用件でしょうか？』

「タスクのことだ。早くしろ」

『……少々、お待ちください』

保留のメロディが流れる。三分ほど待たされ、このまま放置されるのかと危惧を覚えたが。

『お待たせしました。店長の達川です』

腹に響く太い声から、男のがっしりした体格が想像できた。

押し負けないように基彬は声をざらつかせる。

「タスクをずっと買っている者だが、このところ連絡が取れない。彼に貸しているものがあって、どうしても返してもらう必要がある」

はったりだが、とにかくタスクともう一度会う算段をできればそれでいい。

『タスクはもう店を辞めました』

「……え？」

動揺する基彬を、達川がさらに突き崩した。

『高瀬基彬さんですね。経済産業省中小企業庁環境部企画課にお勤めの』

「――」

いくら店を通していないとはいえ、客である以上、データを握られていてもおかしくはないが、強い違和感を基彬は覚える。

――環境部企画課に所属していることまでは、タスクに話していない。

それなのに達川は、どうして知っているのか。

いずれにせよ官僚の身で男を買っていたことをネタに、暗に脅しをかけているわけだ。

——それなら、こちらも脅し返すまでだ。

基彬はスマホを握る手に力を籠めた。

「達川さんは、元自衛官だそうですね」

鎌をかけると、長い沈黙ののちに達川が濁った声を出した。

『タスクが話したのか？』

自衛隊にいたという読みは正解だったようだ。

「元自衛官が部下を引き抜いて風俗店を経営しているとは驚きました。マスコミが好みそうな話ですね」

電話の向こうから、かすかな歯軋りが聞こえた。

基彬は素早く話を進行する。

「隠れていたいお仕事でしょう。タスクに会わせていただけるなら私の胸の内にしまっておきますが」

この脅しにどれだけの効力があるのか。じりじりしながら押し黙って回答を待つ。

腹立たしげな強い吐息が耳を打った。

『近いうちにこちらから連絡をする』

そう言うと、達川は電話を切った。

基彬はソファの背凭れに、緊張の糸が切れた身体を凭せかける。

とりあえず、押し勝ったと見ていいだろう。

右手にもったままだったタスクの名刺へと視線を落とす。

Club Rad Jinx
この店名は、おそらく店長である達川がつけたものだろう。

——ＲＪ……。

「陸上、自衛隊」

すでに辞めているとはいえ、タスクからは前職に対する思い入れが節々に感じられた。肉体を研ぎ澄ましているのも、やはりその頃の習慣を守っているためだろう。

彼の上司だったという達川もやはり自衛隊への強固な執着があるのではないか。

オナクラデリバリーの頭文字に陸上自衛隊を絡めたのだとしたら、それはマイナスの執着であるに違いないが。

——自衛隊といえば、小久保か。

彼は就職活動で第二志望を自衛官にしていただけあり、自衛隊については詳しい。

すでに十二時を回っていたが、配慮する余裕もなく、小久保のスマートフォンに電話をかけた。電話に出た小久保は、風呂上がりのビールを楽しんでいるところだった。

『え、自衛隊のことですか？　なんでも訊いてください！』

好きなものの話をできるのが嬉しいらしく、浮き浮きした声音だ。

思わず電話をかけてしまったものの、具体的になにを訊くかまでは頭が回っていなかった。タスクのこととなると、どうしても理性が後回しになる。

――なにか訊くべきことがあるはずだ……。

ふと、タスクの右脇腹の傷痕が脳裏に浮かんだ。

あの傷痕はおそらく、前職を離れるきっかけになったことと関係している。

雷の夜の取り乱し方からして、そのきっかけになったことは、ただならぬものであったに違いない。

「自衛隊で――たぶん陸上自衛隊だと思うが、三年ぐらい前に重傷者が出るような大きな事故かなにか、なかったか？」

『三年ぐらい前といったら、アレだと思いますけど……』

口籠る小久保に食らいつく。

「それについて教えてくれ。私の――その、大切な人が、それに巻きこまれていたかもしれないんだ」

『大切な人って……、あっ、恋煩いの相手ですか？』

「……そう思ってもらって、かまわない」

本当のことだから否定はしたくなかった。

基彬の答えで、小久保は力になる気満々になったらしく、とたんに口が軽くなった。

『それなら仕方ないですね。アレについては箝口令を敷かれて、マスコミにも情報が流れてないはずですよ。俺はまぁ、内部に親友がいてこっそり概要だけ教えてもらったんですが』

小久保が声を低めて訊いてきた。

『高瀬さんは、陸自の特殊作戦群って知ってますか？』

「いや、初めて聞いた。警察の特殊部隊のようなものか？」

『まぁ、そんなような感じですけど、特殊作戦群はそれよりさらに隠密性が高いんですよ。所属自衛官の名前や顔写真も非公開なんです。特殊な訓練を受けた影のスーパーエリート部隊ってところですかね。もし俺が自衛官になってたら目指してましたよ』

「三年前に、その特殊作戦群でなにかあったのか？」

『厳密には三年半前になりますが、テロを目論んでいた組織の籠城先に奇襲をかけたものの返り討ちにされる事件があったんですよ。籠城先が発覚したことで、結果的に散らすことはできたそうですけど』

「……そんなことがあったのか。その組織っていうのは？」

『さすがにそこは超のつく極秘事項らしくて教えてもらえませんでした』

それだけのことが表沙汰にならなかったということは、現場は僻地で人目につくことがなかったのだろう。

タスクが雷の光と音に異常な反応を示したのは、その奇襲攻撃で返り討ちに遭ったときのことを思い出させられたせいなのか。『いっそ……潰れればいい……自分は、役立たずだ』と、開かなくなった目を掻き毟りながら口走っていた。

「死傷者は、出なかったんだろうか？」

『……演習中に落石事故に遭って自衛隊員九人死亡っていう記事が、その頃に出たんですよ。それなんじゃないかって俺は踏んでます』

「隠蔽、か」

　真実を明らかにすれば人心が乱れる。だから秘密裡にものごとを運び、悪しき結果は隠蔽する。国家運営においてそれは大同小異でおこなわれていることだが。

　――人の死も、そこまで軽いのか。

　ふと、政財界の重鎮ならびに一部上場企業の経営者の、不自然な連続事故死が頭をよぎった。もしやあれも、国家がなんらかの隠蔽を図っているのではないか……。

『でも、意外でした。アレに巻きこまれるような人に高瀬さんが関心をもつなんて』

　小久保の言葉に、どきりとする。

　特殊作戦群にいるような自衛官――同性に好意をいだいているとカミングアウトしてしまったことになるのではないか。

「……その、まったく偶然に出会ったんだが」

『いや、わかりますよ。武闘派の女性もいいですよね。俺の彼女もサバゲーで知り合って、なかなかの狙撃手なんですよ』

小久保の見当違いに脱力してソファに身を沈める。

そして小久保ののろけ話を聞かされながら、基彬はついさっき自分が口にした言葉について考えていた。

——まったく偶然に出会った。

果たして、本当にそうなのだろうか?

なにか自分が複雑に組まれた綾取りの糸のなかに囚われているかのような寒気が、背筋を這いのぼっていた。

11

「急に呼び出して、ごめんなさいね」

ホテルの部屋のドアが開き、華やかな品のいい香りが漂った。

「久しぶりだな。君も梨音も元気にしていたか？」

芙未がいくらかやつれた顔で、口籠る。

「……ええ、そうね。梨音は元気にしているわ。両親も可愛がってくれているし」

春に別れた妻から連絡があったのは三日前のことだった。

わざわざホテルの個室を指定してきたのは、絶対に他人には聞かれたくない種類の話なのだろう。

窓際に置かれた一人掛けのチェアに腰を下ろすと、芙未が備え付けのドリップコーヒーを淹れてくれた。毎朝、コーヒーを淹れてくれたことが思い出される。

限りなくかたちばかりの夫婦であったけれども、あの日々は基彬に仮初の完璧さを与え、心を安定させてくれていた。

芙未がもう一脚のチェアに綺麗に脚を揃えて座り、深々と頭を下げた。

「あなたには本当に申し訳ないことをしました」

俯いたまま芙未がか細い声で言う。

「もう、自分が情けなくって、惨めで——」

「なにかあったのか?」

「私、騙されていたの。あの男に」

あの男とは、離婚の原因になった浮気相手のことだろう。

「あなたと別れてから少しして連絡が取れなくなって……別れさせ屋だったの」

芙未が口許を引き攣らせながら、綺麗にカールされた長い睫毛を上げる。

「……あなたが依頼したの? 私があなたを騙していたから?」

それを確かめるために、この場を用意したということらしい。

「いや、私ではない。しかし別れさせ屋というのは本当なのか?」

「父が興信所を使って調べたから間違いないわ。……本当に、あなたではないのね?」

「ああ、違う」

再度はっきりと答えると、芙未が力が抜けた様子で背を丸めた。

「そうなの。よかった……」

ほっそりとした顎へと涙が流れていく。

「あなたじゃなくて、よかった」

「芙未…」

涙を押さえたレースのハンカチを両手で握り締めて、芙未が絞り出すように告白する。

「梨音は、あなたの子供じゃないの。結婚できない人の子で、それでもどうしても産みたくて……でも父は絶対に許してくれないと思ったから……基彬さんに近づいたの」

結婚前の一度きりの性交、そしてそこから数えると早く生まれ過ぎた娘。

「梨音のことは、わかっていた」

「……やっぱり、そうだったのね。私のことを軽蔑したわよね」

「芙未を軽蔑したことはない」

彼女が本当のことを話してくれたのだから、自分も真実を話すべきだと思った。

「私も君を利用していた。完璧でありたくて――まともに家庭をもって、出世も望めると考えて、プロポーズをした」

勇気を奮い起こし、打ち明ける。

「女性よりも同性に、私は惹(ひ)かれる。それなのに自分にも君にも、嘘(うそ)をついた」

芙未が目を見開き、大粒の涙を零(こぼ)した。

「それじゃ……軽蔑して、憎んでたから、私に触らなかったわけじゃないの？」

「ああ、違う。すまなかった」

頭を下げると、芙未が嗚咽を漏らした。

「勝手だってわかってるけど、梨音のことでずっと後ろめたくて、あなたの目が怖くて——結婚してからあなたの綺麗さや真面目さにどんどん惹かれていってたから、よけいにつらくて」

思いもよらなかった言葉に、基彬は顔を上げた。

芙未が泣き笑いの顔で告白する。

「あなたに嫌われるのが怖くて、あなたに近づけなくて、逃げたの。それで別れさせ屋に騙されたなんて、本当に馬鹿すぎて、自分でも呆れるけど」

……自分は彼女のなにを見ていたのだろうか。

自分自身のことも見えていなければ、二年のあいだともに暮らした人の気持ちも、まったく理解できていなかったのだ。

「やっと、あなたに本当のことを言えて、よかった」

基彬もまた、本当のことを口にした。

「君が毎朝、淹れてくれるコーヒーは美味しかった」

別れ際、芙未が不安そうな表情で呟いた。

「でも……誰がどうして別れさせ屋を雇ったのかしら」

「私のほうでも調べてみよう。雇い主は目的を達成して、おそらく君にはこれ以上なにも起こらないと思うが、なにかあったらすぐに連絡をくれ」

ホテルをあとにして夜道を歩きながら、基彬は改めて二年間の結婚生活のことを思った。

傍（はた）から見れば、無意味な二年間に見えるかもしれない。

けれども自分たちは、その時に互いの存在を必要としていたから結びついたのだ。それをありのまま受け入れることができていた。

ただ、芙未が口にした疑問は、基彬のなかにもしこりとして残った。

——いったい誰が、なんのために別れさせ屋を雇った？

芙未の話によれば金銭を巻き上げられることもなかったという。

どんな利害があってか、自分たちの離婚を強く望んだ誰かがいた事実に、背筋が冷たくなる。

ホテルからマンションまでは歩いて三十分ほどだったので、考えを巡らせつつ基彬は夜道を歩いていたが、その途中でスマートフォンが震えだした。もしやタスクからかと慌ててディスプレイを確認したが、そこに表示されていたのは「塔坂（とうざか）」だった。

失意に肩を落として電話に出る。

『高瀬（たかせ）、いまから少し話をしたいんだ』

町工場プロジェクトの会議で嵌められて以降、基彬は塔坂とできるだけ接触しないようにしていた。

「こちらからは話はない」と告げて切ろうとすると、すぐ横で短くクラクションが鳴った。

クラシックグレーのマイバッハが路肩を徐行し、ガードレールの切れ目で停まる。後部座席のドアが開き、塔坂がゆったりとした動きで降車した。

基彬は電話を切り、塔坂の前を通り過ぎようとしたが。

「タスクを捜してるんだって？」

囁くような小声に、基彬は全身をビクッとさせて立ち止まった。

どうして塔坂の口からタスクの名前が出るのか。

聞き間違いをしたのかと思ったが、塔坂が今度ははっきりとした声音で言った。

「俺とドライブしてくれたら、タスクに会わせてあげるよ」

「タスクを、知ってるのか？」

「まぁね」

塔坂が掌をうえにするかたちで後部座席を示す。

迷う余地はない。タスクに繋がるものならば、どんな細い糸でも摑みたい。

基彬が後部座席に乗りこむと、塔坂が隣に座ってドアを閉めた。車が走りだす。

運転席には黒ずくめの男がいて、夜だというのに黒いサングラスをかけていた。

「高瀬はいい加減、逃げ癖をやめないとね」

諭すように言いながら、塔坂がこちらに身体を向けるかたちで上体をよじる。

逃げ癖、という言葉は胸に刺さった。

「完璧であらねばならない、こうであらねばならないっていうのは、思考停止の逃げだよ。さすがにそれには最近気づいたようだけど」

「……」

「でも、まだ逃げてる。俺からも逃げてたね」

「君と接触しないようにしていたのは、どうやっても分かり合えないと理解したからだ」

険しい語調で返すと、塔坂の手が伸びてきた。顎を摑まれて、彼のほうを向かされる。

「俺のことを理解しようとしないことこそ、逃げだ。そもそも七年前に俺から逃げなければ、いまごろは同じ高みに立っていたんだよ？」

「七年前、君と行かなかったのは逃げたからじゃない」

――……キャリア官僚という完璧な自分でいたかったからだ。

そんな基彬の心の揺らぎを読んだかのように亜麻色の目が細められる。

「高瀬は不自由すぎて、気の毒だった。セックスのときも怯えて……怯えながら感じてたね。いま思い出してもゾクゾクする」

顎にかけられている指を、基彬は払い除ける。

「確かにあの頃は、同性愛者であることから目をそむけて逃げてた。でも、いまは違う。私は変わったんだ」

「タスクのお陰で？」

「――」

そのとおりだ。

タスクと出会い、苦しみを剝き出しにして晒す彼に惹きつけられた。淫らなのに、どこまでも禁欲的に自身を追いこむ姿に、なまなましい感情を掻き立てられた。

彼を求めることで、自分は混じり気のない「高瀬基彬」として生まれ直すことができたのだ。

「……そんな一途な顔もするのか」

塔坂が苦々しげに呟く。

「七年前、拉致してでも高瀬を連れ去っておけばよかった」

「それは単に私を従わせたかったというだけだろう」

「理解するから従うのか、従うから理解するのか。どちらでも同じことだよ。ただ少なくとも、向こうで一緒に世界を見回していたら、俺の言うことをまっこうから否定する気にはならなかっただろうね」

「……私はあの時、君と一緒に行かなかった。そして人ひとりひとりを見ずに、企業の合併・買収を国の大号令でおこなうことを正しいとは思えない」

「人、ひとりひとり、ね」

塔坂の顔に傲慢で冷たい表情が浮かぶ。

「国家は器で、人間や資源はその中身だ。いまや企業は国境も関係なく買収されていく。それを食い止めることはもう不可能だ。世界において日本の存在感が失われれば、その薄く脆い器から人間は零れ落ちていく」

その声音はかすかな揺らぎを孕み、まるで預言を語っているかのようだ。

「いま必要なことは、外資を利用してでも各業界の企業を束ねて成長させ、国家としての総合価値を高めることだ。国家というものを特別視するからわからなくなる。国家を一企業として見るんだ」

「……国家と企業は違う」

「変わらないんだよ。大手メーカーが研究部門を切り売りしていったのと同じだ。国家は業界という部門ごとの価値を高め、いざとなったら部門を切り売りし、その際に最大限に有利な条件を引き出せるようにする。それが結果的に、人ひとりひとりを守ることに繋がっていく」

基彬は思わずシートから背を離し、塔坂に詰め寄った。

「……国が切り売りされて、合併・買収の対象になるとでも言いたいのか？」

ゆるい溜め息を塔坂がつく。

「人の歴史は戦争というかたちでそれを繰り返してきた。日本は島国としてそれを免れてきたが、経済の次元ではその立地も無意味だ。ライフラインすら切り売りされ、早晩、外資に支配されるようになる。『国境のない世界』、それが世界平和の象徴のように語られたこともあったが、実際には無慈悲な弱肉強食が激化する在りようなんだ」

眩暈がする。

まるで世界を無造作に千切られ、床にバラ撒かれたかのようだ。

「気持ちが悪い」

口許を押さえて呟くと、塔坂に肩を抱かれた。

「そうだよ。世界は気持ちが悪いものなんだよ」

囁かれ、耳に唇を当てられる。

「でもその世界で、したたかに生き抜くしかない。手段なんて選んでいる余裕はない」

唇が、耳から頬へと伝う。

「一緒に、この国を作り変えよう、高瀬」

唇に唇が重なりそうになって、基彬は塔坂をグッと押し退けた。

「それは、できない」

「どうしてだ？」

基彬は蒼褪めた顔で塔坂を見据える。

「塔坂が見てきたコンサルティングの世界は、確かに熾烈なものだったんだろう。でも日本という国を切り売りするために作り変えれば、もうその世界に呑みこまれるしかなくなる。それは私が守りたい日本のかたちではない」

苛立ちに塔坂の顔が昏く曇る。

「日本のかたちとやらを守って、この変動する世界を渡っていけると思うのか？」

「……逆に、塔坂がなにを守りたいのか、私にはわからない。塔坂の望むものは、いったいなんなんだ？」

「俺が望むのは、混沌を支配するカードをひとつでも多く得ることだ」

「――そのために日本をもカードにしようというわけか？」

亜麻色の眸が甘く歪む。

「高瀬はやっぱり賢いね。いっときでも手放すべきじゃなかった」

かつての自分だったら、もしかすると塔坂に洗脳され、支配されていたかもしれない。親との関係をそのまま塔坂と繰り返していたのではないだろうか。

けれども、いまの自分は「高瀬基彬」として確立されている。タスクとの交わりで、自分自身と向き合えたからだ。

――私が望むものは、明確だ。

「君の話は聞いた。タスクに会わせてくれ」

「……俺より娼夫を選ぶのか？」

「タスク以外は選ばない」

はっきりと本心を告げると、塔坂が大きな溜め息をついて、しばし黙りこんだ。その横顔が冷たいものになっていく。

運転席へと塔坂が視線を向ける。

「プランAは破棄する」

「では、プランBでよろしいですか？」

その腹に響く声には聞き覚えがあった。

「いや、プランCもしくはDに移行する」

「プランDは、自分としては避けていただきたいのですが」

――この声は……間違いない。

基彬は運転席のシートに摑まり、腰を浮かせた。

「達川（たつかわ）さんですね。どうしてあなたがここに……どうして、塔坂と」

問いただす基彬は項（うなじ）にチクリとした痛みを覚えて、塔坂を振り返った。

「なにを……」

視界がどろりと滲み、歪みだす。

強烈な眠気のようなものにぐらつく上体を、塔坂に抱き寄せられた。

「タスクに会わせてあげるよ。そして、みずからの意思で俺を選ばなかったことを、死ぬほど後悔させてあげよう」

耳元で囁かれる声は、こだまのように音が重なり合っている。

その音のなかへと基彬の意識は沈んでいった。

12

「う…」

基彬は泥のなかに全身が埋まっているようなだるさを覚えながら、のろりと瞬きをした。横たわっている床はリノリウム張りで、湿り気がある。

腕を動かそうとして、後ろ手に手錠らしきものをかけられていることに気づく。もがきながら起き上がり、部屋を見回す。

六畳ほどの部屋で、窓には鉄板が打ちつけられている。天井には蛍光灯と黒い半球型のものが埋めこんである。半球型のものは監視カメラだろう。

――ここは……どこだ？

達川が運転する車のなか、塔坂におそらく睡眠薬のようなものを首筋に射たれて失神したのだ。そのまま、ここに連れてこられたのだろう。

まだ薬が効いているのか頭痛がする。呻いていると、背後でドアが開く音がした。

「やっと目が覚めたな」

はいってきたのは達川だった。

膝で彼ににじり寄りながら基彬は慌ただしく尋ねた。

「……タスクもここにいるのか？　彼は無事なのか？」

達川が目の前に来てしゃがみ、サングラスを外した。

その右目は上下の瞼が癒着したように塞がっている。

「このままだとタスクは殺されることになるかもしれない。自分としても、できればそれは避けたい」

「……タスクが、殺される？」

非現実的なことを突きつけられて眩暈を覚える。

けれども達川は深刻な顔つきで、いたずらに脅しをかけている様子はない。

きっと真剣に受け止めなければ、取り返しのつかないことになるのだ。基彬は血の味がするほど下唇を噛んで、意識を鮮明にした。

「あなたはタスクが陸上自衛隊の特殊作戦群に所属していたころの上官だな？」

達川の左目がぎらりと光った。

「特殊作戦群のことをタスクが喋ったのか？」

「彼は自衛隊にいたことすら私には話さなかった。でも彼の言動や、前職で心身に深手を負ったことから、その仮説に至った」

基彬は改めて達川の右目を見詰めた。

「その目の傷は、三年半前の奇襲作戦で負ったものか？」

「あの作戦のことまで掴んでいるのか。——なるほど。塔坂氏が君に執着するのも、わからなくはない」

ひとつ息をついて、達川は認めた。

「そうだ。自分が率いていた部隊では九名が死亡した。タスクはその九名と行動をともにしていた。自分は目を開けられなくなっているタスクを救出する際に、この傷を負った」

「……そうまでして助けたタスクを、どうして風俗に堕とした？」

強い口調で基彬は詰る。

「しかも、タスクが殺されるかもしれないとは、どういうことだ？」

達川が激痛を感じているかのように、右目を押さえて眉を歪めた。

「タスクを殺さずにすむかどうかは、君次第だ。……しかしそれには、こちらの状況を理解してもらう必要があるな」

濁った陰鬱な声が続ける。

「三年半前、自己啓発系のカルト集団が、外国人犯罪組織から武器を調達して、テロを目論んでいるという情報がはいり、自分は部隊を率いて制圧に当たった。現場は山奥の廃墟だったが、カルト集団は外国人戦闘部隊を雇っていて、想定外の苦戦を強いられた。特殊作戦群所属の自衛官九名が死亡、重軽傷者を多数出すことになった」

先日、小久保（こくぼ）が教えてくれた作戦の真相を知る。

「それほどのことが、どうして演習中の落石事故などという記事に？」

尋ねると、達川が隻眼（せきがん）を眇（すが）めた。

「そのカルト集団から、多額の献金を受けている与党の大物政治家がいたからだ。植物状態で入院している、前外務大臣の八島（やしま）だ」

前外務大臣といえば、政財界の重鎮が立てつづけに事故に遭っている不審事案の被害者のひとりだ。

基彬の背筋にゾワリと悪寒が這いのぼる。

「……まさか、あの一連の事件にあなたが関わっていたのか？」

「八島は保身のためにカルト集団を野放しにしたうえ、テロ計画を隠蔽した。事故に遭ったのはそのような隠蔽工作などによって国を腐らせている者たちだ」

「だからといって、あんな方法は許されない！」

達川が冷笑に頰を引き攣らせる。

「君はまるで箱入り娘だな。そのような人間には、なにもなし得ない」

揶揄（やゆ）を無視して、基彬は達川を見据える。

「特殊作戦群に所属していたタスクを手許に置いたのは、テロ計画に加担させるためだったのか？」

「この三年で無駄な自尊心が剝がれて、国家を作り変えるための戦闘員になるべく、いいところまで仕上がっていた」

憤りに基彬は唇を震わせる。

「風俗の仕事で自尊心を剝ぎ取って、都合のいいテロ要員に仕立て上げようとしたわけだ」

「彼は深い心的外傷をかかえてもがき苦しみ、いつ自殺してもおかしくない状態だった。自分はそんなタスクの自責の念を発散させ、復讐という目標を与えて生かそうとした」

隻眼が鋭く光る。

「それと、テロ要員ではない。私設戦闘部隊の戦闘員だ」

「私設戦闘部隊？」

「塔坂氏の私設戦闘部隊だ。海外では企業や個人が私設戦闘部隊を擁していることも珍しくない。この先の混沌とした世界においては必須のものだ。自分は退職した直後に塔坂氏から日本において私設戦闘部隊を作ることを打診され、目指す方向が一致したため引き受けた」

「塔坂が……」

「彼の後ろには世界の投資家がついている。日本を作り変えるだけの力が、彼にはある」

パラシフ派の官僚たちと同じ、恍惚とした光が達川の頰を照らしていた。

「既得権益に胡坐をかいた権力者は、隠蔽工作を繰り返し、国民を欺きつづけている。その汚濁を洗い流し、この国を生まれ変わらせる」

政財界の重鎮たちを襲った事故は、塔坂の私設戦闘部隊による仕業だったのだ。

そしてそれは、日本を有益なカードとして切り売りしようという塔坂の目的を達成するための布石なのだ。

大きな絵図を突きつけられて、全身の肌が粟立つ。

——ここまでのことを私に明らかにしたのは、このことを私が外部に流せないことが決められているからだ。

自分は生きてこの建物から出られないのかもしれない。

恐怖を抑えこみながら、基彬は最優先事項へと意識を絞りこむ。

「さっきタスクの命は私次第だと言っていたが、どうすれば彼を助けられる?」

「タスクは先日、官房長官を狙った作戦を妨害したことで非常に危うい立場になっている。君には、戦闘員として作戦に協力するようにタスクを説得してもらう。説得できなければ、タスクも君も、ここで死ぬことになる。それが塔坂氏のプランDだ。プランCは、君の説得によってタスクは塔坂氏に忠誠を誓う戦闘員となり、君は塔坂氏のパートナーになるというものだ」

——塔坂のパートナーになるか、死か……。

いずれにせよ、気持ちを無視されて踏み躙られることになるわけだ。

覚悟を決め、明確な目的を基彬は胸に設定する。

「わかった。タスクを説得する。彼に会わせてくれ」

後ろ手に手錠をかけられたまま、基彬は達川に先導されて廊下を歩いていく。

床や壁は全体的に白っぽく無機質で、部屋のドアには「防犯係」などのプレートが掲げられている。おそらくこの建物は、廃村にある打ち捨てられた警察署なのだろう。すべての窓に鉄板が打ちつけてあるのは、光が漏れて人がいることを察知されないために違いない。

廊下では何人もの迷彩服の男と擦れ違ったが、彼らは壁に背をつけて達川に敬礼をした。

「タスクのほかにも元自衛官がいるのか？」

「ああ。陸海空で四十名ほどな。元警察官や、海外の特殊部隊にいた者もいる。特殊作戦群に所属していたのはタスクだけだが」

階段を降りていき、格子を嵌められた扉がずらりと並ぶ廊下に出る。

――留置場か……。

見れば、多くの部屋に人が入れられている。懲罰を受けている戦闘員だろうか。

ここで人知れず殺処分された者もいるのかもしれない。

うまく立ち回らなければ、タスクも自分もそうなるのだ。

ひと際大きい留置室のドアが開けられた。

基彬はそこに踏みこみ、胸を震わせた。

「……タス、ク」

タスクは壁に背を凭せかけるかたちで、両脚を前に投げ出していた。手錠をかけられた両手は、壁に打ちこまれた鎖へと高く繋ぎ留められている。まるで首の骨が折れているかのように、頭が深く前に垂れている。

ワイシャツに黒いスラックスという姿だが、衣類はあちこちが裂け、血が滲んでいた。デスクのうえに並べられている鞭や警棒で折檻されたのだろう。

「タスク、私だ！　基彬だっ」

駆け寄りながら声をかけると、顔がのろりと上げられた。澱んだ眸が揺らぎながら、基彬へと向けられ——凍りついた。

「なん、で……」

濁った声が吠えた。

「なんであんたが、ここにいるんだっ⁉」

基彬はひるまずにタスクのすぐ前に膝をついた。

「もう一度、どうしても会いたかった」

最後に一緒に過ごした朝、自分はタスクに風俗の仕事を辞めてほしいと伝えた。そしてタスクは達川に相談してみると言い、姿を消した。

おそらくタスクは達川に、風俗の仕事と私設戦闘部隊に関わることを辞めたいと申し出たのだろう。そしてそれが塔坂と達川の気に障り、タスクは追い詰められることになったのではなかったのか。

腫れて血が滲んでいる肉厚な唇がわななき、口角を厳しく下げた。

タスクが基彬から視線を逸(そ)らし、達川を睨みつける。

「この男は関係ない。どうでもいい客のひとりだ」

すると達川でない声が答えた。

「そんなことを言ったら高瀬(たかせ)が傷ついてしまうよ?」

基彬は振り返り、留置室にはいってくる塔坂の姿を見る。

「そもそも離婚して傷ついた高瀬を慰めるのは、俺でないとならなかったのに。その娼夫は役目を横取りして、本当によけいなことをしてくれたよ」

穴が空くほど塔坂を凝視し、基彬は顔を歪めた。

「……塔坂、だったのか。別れさせ屋を雇ったのは」

「思ったよりあっさり離婚話が進んでしまって、帰国までにタイムラグが生じたのがまずかった」

亜麻色の目で甘く微笑(ほほえ)みながら、塔坂が基彬の背後に立ち、両肩に手を置いてくる。

「男は俺しか知らないままの高瀬が手にはいるはずだったんだけどね」

肩に置かれた手に首筋をなぞられて、基彬は身をよじる。

「お前は高瀬を何回抱いた？」

タスクが答えずにいると、塔坂の手指が輪を作り、基彬の首を軽く絞めた。

「…ん」

「高瀬はどういう体位が好みなのかな？　この薄い唇でお前のを咥えたのか？」

「やめろっ…基彬を放せ」

押し殺した声でタスクが呻くように言うと、塔坂が嗤いに喉を鳴らした。

「おや、どうでもいいんじゃなかったのかい？」

首の絞めつけがきつくなり、基彬は苦しさに身体を跳ねさせた。

「塔坂さん、まずは彼にタスクを説得させなければ」

促す達川に、塔坂が返す。

「俺は割と嫉妬深くてね。このままプランDでいいかと思えてきた」

プランDでは、ふたりとも殺されてしまう。それではタスクを助けることができない。力を振り絞ってもがくと、首の拘束がほどけた。

噎せる基彬の後頭部の髪を塔坂が摑み、タスクの顔に顔を寄せさせる。

「戦闘部隊員として忠誠を誓うように、この男を説得してみるといい」

塔坂が面白くなさそうに続ける。

「まぁ、高瀬の言うことなら簡単に聞くだろうね。仕事を辞めたいと言ってきたときに高瀬に危害を加えると脅したら、消極的だった戦闘員の仕事にあっさり従事するようになったぐらいだから」

間近にあるタスクの目が苦しそうに眇められた。

こんな場面であるのに、自分たちが同じほどの思いを互いにいだいていることが知れて、基彬は涙ぐみ——ふいに後頭部の髪をぐいと引っ張られて仰向かされた。

見下ろしてくる塔坂の顔が、冷たく歪む。

「そんな顔を、この男相手にはするのか」

「……塔坂、私のことはどうしてもいい。タスクだけは解放してくれ」

わざわざ別れさせ屋を使ってまで離婚させ、手に入れようとしたのだ。自分というカードを切ることでタスクを助けられるのならば、それでいいと思えた。

「どうしてもいい、ね」

もしかすると塔坂はその言葉を引き出したかったのかもしれない。口許にしてやったりと言わんばかりの笑みが滲む。

「口先だけじゃないとこの場で証明してもらおうか」

そう言いながら、塔坂が左手で基彬の髪を摑んだまま、右手でスラックスのファスナーを下ろした。下着の狭間（はざま）から陰茎が引き出される。

「……塔坂」

「どうした？　この男の前ではできないか？」

基彬はきつく唇を噛み締めると、目を深く伏せて、塔坂の下腹部に顔を寄せた。

鎖がガチャンガチャンと音をたてる。

「基彬、するな！」

固く結んだ唇にペニスが触れたとたん、吐き気に近い嫌悪感がこみ上げてきた。思わず顔をそむけようとすると前髪を摑まれた。

「高瀬は賢いから、いまなにをしなければならないか、わかるね？」

「……ぅ、う」

震える唇を開く。下から掬（すく）うようにしながら塔坂のものを口にしていく。

「やめろ、基彬、基彬っ」

暴れるタスクによく見えるように、塔坂がフェラチオをする基彬の顔の角度を変えさせた。

塔坂が甘い吐息を漏らす。

「なかなかうまいね。ああ…いいよ、もっと深く咥えて」

乾いたままの口のなかに膨張しかけたペニスが侵入し、ぬるつく体液を基彬の舌になすりつける。

「ん、ふ…ぅ…」

タスクが怒鳴る。

「達川さん、頼むからやめさせてくれっ！　自分はなんでもする。殺されてもかまわない」

塔坂の嗤いが、咥えている部位から伝わってきた。

「どちらも健気で涙が出そうだよ。達川、望みどおり殺してやるといい」

「し、しかし塔坂さん、彼ほどの人材はそうそういません。高瀬基彬を担保にして、戦闘員として従わせるのが最善です」

「なにが最善かは、俺が決める」

尊大な主人の言葉に達川は項垂(うなだ)れ、ジャケットの内ポケットからアーミーナイフを取り出した。重い足取りでタスクへと近づいていく。

基彬は口から塔坂のものを引き抜くと、身を転がしてタスクと達川のあいだに割ってはいった。上体を起こし、盾になる。

「私を先にしろ！」

塔坂がゆったりとした手つきで性器をしまう。

その顔には侮蔑と冷笑が入り混じったものが浮かんでいた。

「なるほど。命を差し出すほど想い合っているわけだ。それなら揃ってここで死ねば心中も同然で、むしろふたりにとっては最悪の結末ではないということだ」

顎に手を添えて、塔坂が小首を傾(かし)げる。

「俺の計画をぶち壊して高瀬を奪ったタスクにも、俺以外の男に心身ともに穢(けが)された高瀬にも、苦しい罰を与えないといけないね」

13

灰色のリノリウムの床に、アタッシェケースが開かれて置かれている。デリバリーの仕事のときにタスクがもち歩いていたものだ。そこから出されて使用された玩具が、あたりに散らばっている。

「男娼のくせに不感症とはね」

タスクの体内から引き抜いた器具を床に投げ捨てながら、塔坂が苛立ちを滲ませる。

壁に向かって膝立ちをしているタスクは、次から次へと与えられる責め苦に無反応を貫いていた。シャツ一枚を身に着けた後ろ姿は、強い拒絶に筋肉を膨らませている。その姿は厳しい修行に耐える人のように、険しく、気高い。

基彬は達川に項を摑まれて、タスクが苛まれる姿を見ることを強いられながら胸を震わせる。

――タスクはもう、自分を貶めることをやめたんだ。

玩具をもちいて乱れる姿を人に見せることは、タスクにとって自罰だった。三年半前に仲間を助けられなかった悔恨を自身にぶつけていたのだ。

けれども、そのような罰を、いまの彼はもう必要としていないのだろう。

むしろ頑(かたく)なに、堕(お)ちることを拒んでいる。

タスクは自壊のための風俗の仕事も、亡くなった同僚の復讐(ふくしゅう)をするための戦闘員の務めも捨てて、基彬と生きることを真剣に考えてくれていたのだ。

それが、耐える彼の後ろ姿から痛いほど伝わってくる。

「まだ使っていないのは、どれだ？」

塔坂がアタッシェケースへと手を伸ばす。

そして、ひと際大きい器具を握り出した。

それは基彬も初めて目にするものだった。人の肘から下ほどの長さがあり、両端は亀頭を模したものになっている。

塔坂がそれを折り曲げるようにたわませながら、「なるほど。これなら同時に罰せられるか」と呟(つぶや)いて、口角を上げた。

タスクが振り向き、その器具を目にして声を荒らげた。

「それは使うな！」

「これを高瀬(たかせ)と使いたかったんだろう？　願いを叶(かな)えてあげるよ」

塔坂はそれに潤滑ゼリーを塗りつけると、タスクの背後に片膝をついて座った。抗(あらが)おうとするタスクの後頭部を摑み、「高瀬のために、なんでもするんだろう？」と脅しをかけながら、器具を彼の締まった臀部の狭間に押し当てた。

基彬の目には、まるでタスクが塔坂に犯されているかのように映る。

「……塔坂、もうやめろっ、やめてくれ」

あんな長さのものをすべて挿れたら、内臓が壊れてしまう。

達川もそれを危惧しているのか、基彬の項を摑む手の力が一瞬、緩んだ。その隙を突いて、基彬は上体を前傾させて達川の手から逃れ、塔坂に体当たりした。

まるでわざとのように塔坂がよろけて身体をずらす。

タスクが長々としたものを半分近くも埋められているさまが露わになる。かなり苦しいらしく、出ている玩具の部位がくねり、内壁の動きを可視化している。

「こんな——早く、抜いてくれ」

塔坂に訴えると、しかし彼は基彬のスラックスのベルトに手を伸ばしてきた。

「大丈夫だよ。同じ苦しみを高瀬にも味わわせてあげるから」

「え…」

「達川、タスクの手錠を鎖から外して仰向けに押さえつけてくれ」

逡巡の間があってから、達川は塔坂に従った。

「塔坂、なにを……」

基彬はスラックスと下着、それに靴下も脱がされ、塔坂に後ろから抱きつかれた。そのまま尻をつくかたちで床に座らされる。

……目の前に、腕を頭上に上げさせられて仰向けに押さえつけられたタスクがいた。M字に開かれた脚のあいだに、ぐっぽりと淫具を咥えている。陰茎は萎えたままで、全身に拒絶の筋肉が浮き立っていた。

塔坂が達川に命じる。

「脚を上げさせろ」

達川は手錠を膝頭で押さえたまま、タスクの身体を「ん」の字になるように畳んだ。

「達川さん、やめてくれ…っ」

タスクのくぐもった声の懇願は力で捻じ伏せられる。

「さぁ、大好きなタスクと繋がるといい」

耳元で塔坂が囁き、基彬の膝裏に手を入れて身体を丸めさせると、タスクの脚のあいだへと近づけた。硬いものが臀部に当たる。塔坂が位置を調節すると、それが後孔へと重なった。

ようやく、この器具がどういうものであるかを基彬は理解する。

「い…嫌、だ」

慣らしもしていないところに亀頭の形状をしたものをゴリゴリと当てられて、基彬はもがく。

それなのに塔坂はさらに基彬の身体をタスクへと寄せた。タスクが苦しそうに呻く。

「高瀬が拒むぶんだけ、タスクに負荷がかかるよ。さすがにこれを全部呑みこんだら、内臓がもたないだろうね」

「――……」

「せめて、少しははいりやすくしてあげよう」

親切そうに言いながら、塔坂が潤滑ゼリーのチューブを手にした。双頭の玩具と基彬の下腹部にたっぷりとそれがまぶされる。ひんやりとしたジェルが陰茎と会陰部を覆っていく。そしてふたたび、器具の端を穴に宛がわれた。

「やめ、ろ、基彬にはさせるなっ」

怒鳴るタスクの身体の振動が、器具を通して伝わってくる。

――苦しみを、分かち合いたい。

タスクだけ苦しむなど間違っている。自分が引き受けるぶんだけ、タスクの苦しみを減らすことができるのだ。

「う…ぅ…」

タスクのものを受け入れたときのことを思い出しながら、基彬は力を抜いた。襞(ひだ)が薄く引き伸ばされていく。タスクのものと同じほどの太さのものが、下拵(したごしら)えもしていない体内にめりこんでくる。

「ひ、っ…、痛、あ、ぁぁ」

「基、彬っ」

名前を呼ばれてタスクを見詰める。

とたんに淫具が、タスクのものであるかのような錯覚が起こった。自然と内壁が拓いていく。

「ぁ…あ、ん」

甘い声が漏れた。

ふたりの脚のあいだがじりじりと近づいていき、ついには臀部が触れ合う。

「高瀬はすっかりガバガバになってしまっていたんだね。残念だよ」

蔑む声で言いながら、塔坂が基彬のワイシャツを摑んだ。ボタンを弾き飛ばしながら前を開け、異物を含んでいる腹部を撫でる。

「基彬に、触るな！」

「そんなに勃てながら言われてもね」

鼻で嗤いながら塔坂が指摘する。

その言葉に基彬は視線を下肢のほうへと向け——二本の反り返ったペニスを目にする。

「さっきまで意地でも反応しなかったのに、高瀬と繋がれたのがよほど嬉しいらしい」

揶揄を肯定するように、タスクの性器が天辺から透明な蜜を溢れさせた。そしてそれを恥じるように内壁が締まったのが、器具を通して基彬のなかに伝わってくる。

自分がタスクの微細な反応まで感じ取れるように、タスクもまたこちらの粘膜のわずかな震えまでも感じ取っているに違いなかった。

塔坂が立ち上がり、テーブルの天板に腰かける。

「達川、こうしよう。このふたりが器具だけでイけたらプランC、イけなかったらプランDにする」

プランCならば、タスクは戦闘員となり、基彬は塔坂のパートナーになる。互いが互いの行動を制限する担保として生かされるのだ。

プランDならば、ふたりとも殺される。

達川は頷くと、タスクを解放して立ち上がり、壁を背にした。両手を後ろに組んで休めの姿勢を取る。

タスクと器具で繋がれたまま、ふたりの視線を浴びせられて、基彬の腹部は羞恥に引き攣れる。それが器具越しに伝わったのだろう。タスクが低く呻いた。

彼はプランCの内容もプランDの内容も、はっきりと把握していないに違いない。

――私が、主導しないと……。

そう思うものの、器具を孕んでいる内壁がきつすぎて、身動きもままならない。

「タス、ク…動いて、くれ」

頼むのに、タスクが険しい表情で首を横に振る。

「基彬を、誰にも見せたくない」

『この顔を絶対にほかの奴に見せるなよ。いいな？』

バスルームで行為に及んだときにタスクが口にした言葉が頭をよぎった。

――タスク以外に、見せたくない。

快楽に蕩けきる顔も肉体も、ほかの誰にも知られたくない。それと同じぐらい、タスクが自分を求める姿も、人には見せたくない。

それはふたりだけが共有する、密封された行為なのだ。

……でも、それを差し出せば、タスクは殺されずにすむ。

彼は塔坂に従う戦闘員にはなりたくないだろう。

――それでも、私はタスクに生きていてほしい。

基彬は腹部に苦しさを覚えながら上体をわずかに起こし、タスクを見詰めた。

「タスク……私のために生きて、汚れてくれ」

こちらを見返す黒い眸が揺れる。

「これが最期かもしれないんだ。タスクに、求められたい」

それもまた、偽りのない本心だった。

ふたり揃って器具で達することは、かなり難しいだろう。特に器具慣れしていない基彬は不利だ。完遂できないかもしれない。

それならばせめて、最期にタスクに力いっぱい求められたかった。

願いに身体をわななかせると、タスクがつらそうに眉をひそめた。そして前で手錠をかけられている手で基彬の左脚を引き寄せると、くるぶしに唇を押しつけた。

「……自分は、基彬が望むことをする」

タスクが腰を揺らしはじめる。

松葉を互い違いに嚙み合わせたかのような体位で、異物にゴリゴリと内壁を擦られ、基彬の腰は右に左によじれる。

「ん…ぁ…、は」

タスクの内壁の蠢きが体内に伝わってくるたびに、背筋が粟立ち、器具をグッと締めつける。そうすると、今度はタスクがそれを受け取ってくれる。

「基彬、ぁあ……いい……」

玩具で自慰するときとも、基彬を抱くときとも違う声音だ。

腰がゾクゾクして、基彬はみずからも腰を遣う。するとタスクが身体をヒクヒクと震わせた。

「う…っ、ぐ…ぁ…あ」

まるでタスクのなかにペニスを挿れているかのような錯覚に囚われる。

いまや二本のペニスは壊れたように透明な蜜を漏らしながら、根元から揺れている。

あまりに卑猥なさまに動揺して視線を彷徨わせると、塔坂と目が合った。憤りと侮蔑を湛えて、亜麻色の眸が底光りしている。

彼はかつて一度だけ自分を抱いたことがある。その時と比べれば、基彬がどれだけ淫らになったのか……どれだけ強くタスクを求めているのかが、手に取るようにわかるのだろう。

その視線から顔をそむけると、今度は達川が視界にはいった。

隻眼でタスクの痴態を食い入るように見詰めている。風俗デリバリーにタスクを沈めて、もしかすると彼は嗜虐的な欲求を満たしていたのかもしれない。

「見る、な…」

達川に向けて呟くと、タスクが息を乱したまま動きを止めた。

そして彼は彼で、基彬を凝視している塔坂を睨みつけ、「見るな」と唸るように言った。

タスクに訊かれる。

「少し、つらいことをしてもいいか?」

頷きを返すと、タスクは慎重な動きで上体を起こしながら、基彬の腿の裏を摑んだ。

身体を折り畳まれて腰を浮かせた基彬に、タスクが乗りかかる姿勢になる。ふたりの身体を繋いでいる弾力のある器具がしなって挿入角度を変える。

内壁を歪められる感覚に基彬は奥歯を嚙んで耐える。

「頭を上げてくれ」

言われたとおりにすると、首の下に手錠を嵌められた手がはいりこんできた。

苦しさに浅く呼吸をしながら、基彬は自分の身体がタスクによってすっぽり隠されていることに気づく。

「こんなあんたを……誰にも、見せない」

「……タスク、ぁ…」

体内のものに粘膜を擦られて、基彬は恍惚となる。

――タスクの動きだ……。

こんな状況下での異様なセックスのはずなのに、馴染んだ腰遣いに安堵感が拡がり、身体が素直に悦ぶ。

タスクが真剣な顔つきで、自分を見下ろしている。

そのこめかみや目許の赤みと切なげに寄せられた眉根のせいで、泣きかけているようにも見える。

「タスク」

なにかをしたくてたまらない。

基彬はつらい姿勢のなかで頭を上げた。

いつもより腫れている肉厚な唇に、下から唇を押しつけ、甘く吸う。

ビリビリとした感触が、ふたりのあいだに渡されている器具から伝わってくる。

間断なく互いの唇を啄み、舐めては吸う。基彬が舌を入れると、タスクがそれに吸いついてきた。

――よかった……。

この瞬間が自分たちのうえにあってよかったと、身も心も切羽詰まった快楽に泡立つのを覚えながら基彬は思う。

唇を重ねたまま、タスクが息を震わせた。

「ん…、んっ、は――」

射精の身震いが伝わってくる。

それは基彬の身体を内側から揺るがし、快楽の波を極限まで引きずり上げた。

胸から腹部にかけて熱くて重たい粘液を幾度もぶつけられていく。

それを受け止めながら、基彬もまた全身をガクガクと痙攣(けいれん)させた。

14

留置場の最奥にある一区画で、目を覚ます。すでに一週間、ここに置かれている。

「おはよう、高瀬」

塔坂が格子扉を開けてはいってきた。この六日間、彼の姿を見ることはなかった。おそらく塔坂は何事もなかったかのように霞が関に登庁して日常を送っているのだろう。

「達川からの報告によれば、タスクは従順な戦闘員に改心したそうだよ」

「……タスクを脅してるんだろう」

「脅してるなんて人聞きが悪いな。俺は有利にことが運ぶように、高瀬やタスクと交渉しているだけだ」

塔坂が口角を釣り上げる。

「高瀬は役に立ってる。高瀬が生きているだけで、特殊作戦群にいた有能な男が俺のものになるんだ」

その言葉に基彬は臍を噛む。

——それなら、私が命を断てば……。

まるで考えを見透かしたかのように塔坂が言う。

「もし高瀬が自殺でもしたら、タスクを繋いでおく鎖はなくなるわけだから、彼のことは残念だけれど処分しなければならないね」

自分のせいでタスクは、賛同できない仕事に手を染めつづけなければならないのだ。それを考えると、頭がおかしくなりそうだった。

基彬は塔坂の足許に這いずると、両手をついて床に額がつくほど頭を下げた。

「頼む。私のことはどうしてもいい。塔坂が望むものはなんでも差し出す。……だから、タスクは解放してくれ」

塔坂が床に片膝をつく。

後頭部に呆れ笑いを孕んだ溜め息を落とされた。

「まだ自分にそれだけの価値があると思っているのかい？」

頭頂部の髪を摑まれて、顔を上げさせられる。

「この心も身体もタスクに汚されきってる。それにお前はもう、俺が欲しかった高瀬じゃない。俺が欲しかったのは、自己評価が低くて従属することでしか生きられないお人形の高瀬だ。……まるで別人みたいに変わってしまったね」

七年前の塔坂が知っていたのは、「完璧な高瀬基暁」を演じることでしか生きられなかった自分だ。

けれどもタスクと出逢い、高瀬基彬になれた。

「——これが本物の私だ」

興醒めした顔で塔坂が基彬を突き飛ばし、立ち上がる。

「お前にはもうタスクを従わせるためのカードとしての価値しかない」

立ち去ろうとする塔坂を、基彬は糾弾する。

「塔坂こそ、変わった。どうしてそんなふうになってしまったんだ⁉」

「俺が変わったのは、まだ日本にいたころだ。それでも、こんなふうにしたくなかったのなら、高瀬が一緒にアメリカに行けばよかったんじゃないか？　俺の手のなかで変わっていく高瀬なら、受け入れられたかもしれない……その高瀬になら、俺を元に戻せたのかもしれない」

扉が閉まり、塔坂が立ち去る。

取り残された基彬は、床についた手で拳を握る。

いまとは違うように枝分かれした未来が頭のなかに拡がり、消えた。

監禁されて十日目の真夜中。雨が降りしきる音が絶え間なく聞こえていた。しかし普通の雨音とはどこか違っている。ホワイトノイズが混ざっているような音だ。

夕刻に、達川がこの留置室を訪れた。

前回失敗した官房長官の暗殺計画を、これから再度決行し、その指揮をタスクに取らせるという報告をしに来たのだ。

『あの堅物が自分の指示で身体を売って誇りを失っていく姿は、痛ましかったものだ』

そう語る達川の隻眼には、昏い愉悦が溜まっていた。

『それが春から客を取りたがらなくなっておかしいとは思っていた。貴様に誑かされたせいだったわけだ。挙句の果てに、風俗の仕事も、同僚たちの復讐もやめたいと言いだした』

憤りと嫉妬に、達川はぶるりと身を震わせた。

『……だが、いい。タスクは自分の下にふたたび戻ってきた。今夜の作戦を成し遂げたら、自分がタスクを満たし、貴様のことなど忘れさせてやる。自分たちは一体となって、復讐と革命を成し遂げるのだ』

果たして達川はいつから、歪んだ欲望をタスクに向けるようになったのだろう。もしかすると十日前にタスクと基彬の行為をじかに目にしたことで、彼のなかの欲望は決壊したのかもしれない。顔つきといい言葉遣いといい、狂暴さが剝き出しになっていた。

いまのタスクは、あんな達川にでも従わざるを得ない。

——私はタスクになにもしてやれない。足枷にしかなれない。

自分にはタスクと出逢わなければ得られないものが確かにあった。

けれどもタスクにとっての自分は、よけいに葛藤と迷いを深くするだけの存在でしかなかったのではないか。

リノリウムの床に、かける毛布ひとつなく横たわり、基彬は頭をかかえて嗚咽を漏らす。

いまこの時、タスクは官房長官に死をもたらしているのかもしれない。

あるいはすでに作戦は終わり、達川から凌辱されているのかもしれない。

「嫌…だ、嫌だっ」

自分の頭を押さえる指の力が増していく。このまま脳まで破壊して、なにも考えられなくなってしまえればどんなにいいか……。

けれども、それで楽になれるのは自分だけだ。

目をそむけても、現実はなにも変わらない。

──たとえタスクがどんなことになっても、それを受け止めて、支えよう。

そう誓うことしか、いまの自分にはできない。あまりの無力さに胸が苦しくなり、咆哮しかけたときだった。

うえのほうからドォン…ッという轟音がしたかと思うと、床が大きく揺れた。その揺れが収まらないうちに次の轟音と振動が襲ってくる。衝撃で、天井からパラパラと粉のようなものが落ちてくる。

警報音が鳴りだし、通路のスプリンクラーが作動する。

留置場に囚われている者たちは、扉の格子を握りガタガタと揺らした。

「なにが起こってるんだっ⁉」

「煙が来てるぞ！」

確かに視界が曇り、きな臭い匂いが漂ってきていた。

警報音と怒声で騒がしくなっていくなか、基彬は床に横たわったまま希望を見出していた。

――ここが跡形もなく崩壊すればいい。

私設戦闘部隊が大きな損害をこうむれば、タスクは戦闘員を続けずにすむだろう。それに、基彬が自身と関係のない事故で死んだとなれば、諦めもつくに違いない。

私設戦闘部隊からも高瀬基彬からも解放されて、本来の彼らしい生き方を取り戻してほしい。

その未来を想像し、基彬は頰を緩めて瞑目する。

ガシャンという金属音が、留置場のあちこちからあがった。またどこかで轟音が起こり、振動が伝わってくる。

あたりがさらに騒々しくなっていくなか、基彬はきつく目を閉じつづけ、耳を塞ぐ。煙で息が苦しくなってくる。

ふいに、肩を摑まれて強く揺さぶられた。

驚いて瞼を跳ね上げると、スーツ姿の男が横に跪いていた。基彬は煙が沁みる目を眇めながら呟く。

「タス…ク？」

「自分が運び出すから、できるだけ息を止めていてくれ」

状況も把握できないまま、タスクに促されて大きく息を吸う。そしてまるで襟巻にでもされたかのように、彼の両肩に担がれた。

タスクが全力で走りだす。

薄目を開けると、ほかの留置室のドアも開いていた。どうやら一斉開錠されたらしい。

タスクは階段を駆け上がり、人がボトルネック状態になっているエントランスロビーに出ると、正面扉を避けて裏口へと向かった。そこから外に出る。強い雨が風とともに打ちつけてきた。ホワイトノイズが深くなる。

やはりここは廃村だった。街灯も切れたまま、建物の割れた窓ガラスは放置されている。

「下ろして、くれ」

頼んだのとほぼ同時に、足許のアスファルトがキン…と鳴った。

タスクが基彬を担いだまま建物の陰に飛びこむ。そして基彬を下ろすと、ジャケットの内側に右手を突っこんだ。ホルスターが覗（のぞ）き、拳銃が握り出される。

「タスクぅう」

腹の底に響く声があたりに響く。

「いまなら許してやる。戻ってこい！」

おおようさを装った言葉とは裏腹に、また雨に覆われたアスファルトが銃弾を弾く。

「こっちだ」

タスクが基彬の右手を摑み、廃村の建物をジグザグに縫いながら走りだす。裸足の足の裏にときおり痛みが走ったが、達川から逃げることに夢中でかかずらわっていられない。水溜まりを蹴飛ばしながら全力で走る。

「遅いぞっ。あっちに回りこめ！」

達川の怒鳴り声が聞こえてくる。追手が追加されたのだ。

「…ッ」

左の足の裏に熱さを感じて、基彬はまろびそうになる。

「基彬、やはり自分が担ぐ」

かかえ上げようとするタスクの手から逃れる。

「大丈夫だ！　君の荷物にはなりたくないっ」

追手は達川も含めて、戦闘能力に長けた者たちなのだ。いくらタスクでも、人ひとりかかえながら渡りあえるわけがない。

それに自分にできることがあるとすれば、いざというときタスクの盾になることぐらいなのだ。そのためには身動きを取れる状態にしておかなければならない。

「つらくなったら、すぐに言ってくれ」

「わかった」

ふたたび走りだしながら、ホワイトノイズが大きくなっていることに基彬は気づく。

「村を抜けた先の道路を目指す」

そう言いながらタスクが急に振り返って発砲した。背後で呻き声があがる。すぐ近くまで追いつかれているのだ。

廃村のはずれに辿り着く。タスクが廃屋の陰から、交叉する道路の様子を窺ったときだった。

突如、雷鳴のような音がバリバリと鳴り響いた。すぐ目の前の道路で、水溜まりが細かく弾き飛ばされ、水煙がたつ。おそらく散弾銃だ。

とたんに、タスクの膝ががくんと折れた。左手で顔を押さえて苦しそうに呻く。

「目、が…」

雷でフラッシュバックが起こったときと同じ状態だった。

九名の同僚が命を落としたとき、散弾銃が使われていたのだろう。

「タスクっ」

その背を強く撫でさすってなんとか落ち着かせようとしていると、後方から水を蹴る音が聞こえてきた。振り返ると、拳銃を手にした達川が角を曲がって現れた。

タスクが動けなくなっているのを目にして、隻眼が細められる。

「タスク、戻れ。いまなら遠隔爆破をしたことも不問にしてやる。ともに復讐を成し遂げるぞ」

なんとか目を開けようとするが開けられず、タスクが自身の顔を掻き毟る。

基彬は立ち上がってタスクを背に守り、達川と対峙した。

目が合ったとたん達川の顔が凄まじい形相に引き歪んだ。

「貴様が現れなければ、タスクが道を踏み外すことはなかった！」

濁った声でそう怒鳴りながら、達川が引き金を引いた。

左脇腹に衝撃が走り、基彬は呻きながらよろけて膝をつく。それでもタスクを達川から隠しつづける。達川がふたたび引き金を引く——銃声が鳴る。

達川の手から拳銃が弾き飛ばされた。もう一度すぐ後ろから銃声があがり、今度は達川が右膝を押さえながら、ドシャリとアスファルトに身体を打ちつけた。

驚いて振り返ると、タスクが黒い眸を光らせて見返してきた。その瞼は痙攣して引き攣れている。

「基彬、怪我は…っ」

「大丈夫だ。かすっただけだ」

そう返し、基彬は脇腹が温かく濡れていくのを感じながらも立ち上がって見せる。

「行こう、タスク」

促すとタスクが頷く。

また近くで水煙が上がる。それが途切れた直後、タスクは道路に飛び出し、水煙で身を隠しながら拳銃を三発撃った。

「基彬、走れ」

視界がぐらつくのを感じながらも、基彬は必死に足を前に出す。走るほどに身体が傾いていく。

タスクが弾倉を入れ替えて、基彬を左腕で抱き守る。

ホワイトノイズに包まれている。

基彬はいつしか自分が湖沿いの湾曲する道路を走っていることに気づく。ガードレールの向こう、広い水面に降りそそぐ雨がホワイトノイズを生み出していた。

足許で銃弾がアスファルトに弾かれる。

基彬は振り返り、右足を引きずりながら追いかけてくる達川を見つける。右手も負傷しているらしくだらりと下げ、左手で拳銃を構えている。

タスクが撃ち返すと達川がふたたび倒れた。倒れたまま発砲する。飛んでくる弾を、基彬はスローモーションを見ているような感覚で見詰めていた。逃げなければならないと思うのに、動けない。

ふいに視界が暗くなる。

タスクの身体がドンとぶつかってきた。

「タスク⁉」

基彬を守って撃たれた左腿を押さえながら、タスクがガードレールに掴まる。

「……、先に行けっ」

少しでも安全な場所に基彬を逃がそうとしているらしい。

基彬は無言のまま首を横に振ると、タスクの腰に腕を回して歩きだす。水の匂いに血の匂いが混ざっていく。失血のせいか、視界が歪み、揺れる。

ホワイトノイズに、酷(ひど)い耳鳴りが混ざっていた。

「うるさい…」

タスクを支えながら懸命に歩きつづけていると、腕のなかの身体が急に大きく跳ねた。

達川がガードレールに摑まってつたい歩きしながら追いかけてきていた。達川がまた発砲する。タスクの身体が銃弾を受ける衝撃が、全身に伝わってくる。

守りたいのに、もう立っているのすら難しいほどだ。涙が噴き出る。

タスクが空を仰いだ。

基彬も釣られて顔を上げ——目を見開いた。

雨を吐き出す黒灰色の夜空に光があった。その光から糸のようなものが垂れている。

タスクが手を振ると、光が大きくなり、糸は縄梯子(なわばしご)になった。

雨が逆巻くように風に吹き散らされていく。

耳鳴りだと思ったものはヘリコプターの音だったのだ。

「これに摑まれ！」

タスクは翻る梯子を握ると、基彬の腰を抱きかかえながらそれに飛び移るように摑まった。

基彬は無我夢中で梯子を両手で握る。

すぐ間近を銃弾が走り抜ける。タスクの頰に線が引かれて血が溢れだす。立てつづけにあがる銃声が遠ざかっていく。

基彬は湖沿いの道路を見た。

達川がガードレールを乗り越え、左手を天に伸ばすようにして拳銃を撃つ。

弾はどこにも届かず、ただ虚空を抜けていく。

達川の身体が急に芯を失ったように頽（くずお）れた。その身体は宙を転がり落ち、黒い湖へと呑みこまれていった……。

「イリヤマ、よく作戦を遂行してくれた！」

ヘリコプターに引き上げられたとたん、迷彩服姿の壮年の男がタスクの両肩をがっしりと摑んでそう言った。

タスクが手を敬礼のかたちにして、返す。

「イリヤマタスク、帰還しました。同行者の手当てを、どうか頼みます」

——イリ、ヤマ……？　帰還……？

状況がまったくわからないが、このヘリコプターに乗りこんでいる人たちがタスクの味方であることは確からしい。

脇腹の傷を診てくれている、やはり迷彩服を着た男に基彬は震える唇で懇願する。

「タスク、を……たすけて、ください」

そこでもう焼き切れたように意識が途切れた。

15

「要するに、特殊作戦群の任務についていたってことか？」

自衛隊中央病院の個室、角度をつけて起こされたベッドのうえで、基彬（もとあき）は混乱しながら確認した。

すると、ベッド横の椅子に腰かけている患者衣姿の入山輔久（いりやまたすく）が訂正してきた。

「自分は自衛隊を離れていたから、厳密には任務だったわけじゃない。ただ、中場（なかば）群長とだけは毎晩連絡を取って、私設戦闘部隊を潰すために動いていた」

夜の定期連絡の相手が達川（たつかわ）であるかのようにタスクは基彬に説明したが、実際は中場群長だったわけだ。

「中場群長というのはヘリコプターにいた人か？」

「ああ、そうだ」

群長に敬礼をしたときのタスクは、基彬が見てきたものとは違う、硬派な自衛官の顔つきをしていた。……いや、厳密には一度だけ、彼のそんな表情を見たことがあった。マンションのベランダで話をしていたときに垣間見えたのだ。

『国のためっていうと大義名分があるみたいに聞こえるが、所詮はそれも自分のためだ。それをわかっていなければ、小さな歯車の役目すら果たせず、なにも為せない』

あの言葉の裏にあったものが、いまようやく理解できていた。

タスクはみずからの身を削ることで達川を信用させ、塔坂の戦闘部隊を潰すための歯車の役目を果たしていたのだ。

「……でも、それで風俗の仕事までできるものなのか？」

納得できずに呟くと、タスクが鮮やかな眉根を寄せた。

「三年前の自分は、ＰＴＳＤに苦しんでいた。特殊作戦群から内勤に異動になることが決まり、中場群長に辞職を申し出た。その際に、達川さんが塔坂の私設戦闘部隊を作るために人員を集めているという噂があることを聞かされた。自分は達川さんに連絡を取り、そこで風俗の仕事をもちかけられた。……そのような恥辱は耐えられないと思う反面、どこかで、いまの役立たずの自分を徹底的に破壊したいという気持ちがあることに気づいたんだ」

自分が見た、禁欲的なまでに自身を罰しつくそうとするタスクもまた、本当の彼だったということなのだろう。

「風俗の仕事をすることも、作戦を遂行する歯車になることも、タスク自身のために必要だったわけだ？」

タスクが頷いてから、自責を滲ませる。

「……ただ、本当のことを言えば、自分は歯車になりきれなかった。中場さんと進めていた作戦を、投げ出そうとした」

黒々とした眸が改めて基彬へと開かれた。

「これまでのすべてのしがらみを擲って、基彬と生きることを選ぼうとした」

風俗キャストと戦闘員をどちらも辞めれば、達川との繋がりが切れて内偵は続けられなくなる。それは中場との作戦をも放棄することを意味する。

視界がぼやける感覚に、基彬は掌で目を擦り、そのまま反対側に顔をそむけた。

タスクが椅子からベッドの縁へと腰を移す。

手を握られる。

「自分のために、そうしたかったんだ。基彬に仕事を辞めてほしがってもらえて、嬉しかった」

また涙で視界が曇って、基彬は掌で目を擦り、顔をなかば手指で隠したままタスクを見た。

「私を泣かせるのは楽しいか？」

「――……楽しくはないが、嬉しい」

素直な答えに胸が震える。その震えが脇腹に響いて、痛みに呻く。

するとタスクが左脇腹に掌をそっと添えてくれた。

「自分のために、すまなかった。基彬が撃たれて我に返ることができた」

基彬は首を横に振る。

「タスクが私を守って多く傷を負ってくれたから、いまこうしていられるんだ」

タスクは官房長官を事故に巻きこむ作戦——それはタスクが中場に具体的な情報を流したことで阻止できた——のために防弾防刃ベストをワイシャツの下に着ていたとはいえ、左腿に被弾し、また何発も弾を受けた衝撃で肋骨が三本折れていた。

基彬のほうは出血こそ酷かったものの臓器の損傷はなく、弾の摘出だけですんだ。

タスクの手を握り返しながら尋ねる。

「塔坂のことをわかっていたから、近づくなと言っていたんだな。……塔坂の情報を得るために、私に近づいたのか？」

いまとなっては、あのホームでの出会いが偶然でなかったことは明白だった。

「……達川が塔坂の命令で別れさせ屋を調達して、高瀬基彬という官僚を離婚させたというのを知って、調べようと思った」

「それで、ホテルで飛びこみ営業をかけてきたわけだ」

苦笑を浮かべると、タスクが小首を傾げた。

「そこまで深入りするのは逆に危険だと思った。でも駅のホームで目が合ってから基彬のことが頭を離れなくなった。三年前のボロボロの自分に似ていて……いや、それは後付けか。目が合ったとき、身体の奥底からゾクゾクしたんだ。それからは時間が許す限り基彬のことを尾行して、ついにはホテルの部屋に押し入ってしまった」

タスクの言葉は誠実だ。自身の気持ちを直視して、それをそのまま伝えようとしてくれる。

だからそれに引っ張られてしまうのだ。

「頭を離れなくなった——のは、私のほうだ」

今度は溢れかえる喜びが、精悍な顔にそのまま拡がっていく。

見ている基彬のほうが恥ずかしくなって目を逸らしてしまうと、タスクが覆い被さってきた。

吐息がかかる唇が、自然と半開きになる。

ドアがノックされる音に、ふたりは間近で目を見開きあった。

タスクが慌てて立ち上がり、左腿の痛みに呻く。

基彬は熱くなってしまった頬を擦りながら「どうぞ」と上擦った声で返した。

ドアがスライドして、スーツ姿の中場群長がはいってきた。こうして見ると、自衛官とは思えない柔和な顔つきと物腰の人物だ。

タスクが足を揃えて立ち、敬礼をする。

基彬も脇腹の痛みをこらえて背筋を立てようとしたが、中場群長の「楽にしていてください」という言葉に甘えさせてもらうことにした。

「入山も座れ」

「いえ、自分は」

穏やかな顔つきのまま、視線が重い圧を孕む。タスクが従って座ると、群長は厳しい背筋を保ったまま基彬に頭を下げた。

「この度は多大なご迷惑をおかけして、まことに申し訳なかった」

「いえ、こちらのほうこそ事情を知らず、タスク——入山さんに負担をかけることになってしまいました」

タスクが群長に報告する。

「高瀬さんは塔坂と交流があったこともあり、さきほど作戦群のことも含めて説明をいたしました」

群長が頷き、基彬に視線を据える。

「官庁にお勤めとのことでご理解いただけると思うが、今回のことはくれぐれも内密にお願いします。いっさい記事になることがないよう、こちらからも手配しますが」

「……あの、塔坂のことも、ですか？」

あれだけマスコミでもてはやされていた塔坂が、私設戦闘部隊を作ってテロと言っていい行為を繰り返してきたのだ。

「政財界に犠牲者も出ていますが」

「一連の件も含め、明らかにする必要はないと総体的に判断を下しました」

堅い言葉で鎧われているものの、中場群長の本心は底光りする眸に言外に示されていた。

基彬は項に冷たい汗が噴き出すのを覚える。

――群長にとっても、ターゲットにされた政財界の重鎮は、よけいな存在だったわけだ。

不自然な連続事故を、特殊作戦群は手をこまぬいて見ていたのではない。

塔坂と達川をわざと泳がせて、政財界の掃除をさせていたのだろう。

思い返してみれば、あれだけの事故が立てつづけに起こったのに警察の動きは鈍かった。

――官庁が横に繫がって、あるべき国のかたちを再構成しようとしているのか。

塔坂が描いた過激な絵図とは違うものの、確実にいまこの国は変貌を遂げようとしているのだ。

その先にあるのはいったい、どのような国の姿なのか。

「達川の遺体は上がっておらず、塔坂穣も行方不明となっている。私設戦闘部隊の者たちの身柄は拘束してある。どこからも情報が漏れることはない」

もし情報漏洩があれば、それは基彬によるものだという脅しだった。

中場群長が踵を返し、部屋を出ていく。

立ち上がって敬礼するタスクの横顔には、険しい表情が浮かんでいた。

エピローグ

兄の墓に寄ってから、基彬（もとあき）は七ヶ月ぶりに北鎌倉（きたかまくら）の実家へと向かった。

真冬でも湿度の高い空気を振り切って、強い足取りで竹垣の道を抜け、坂をのぼる。

「モトアキ、久しぶりだな」

玄関に出迎えてくれたのは父だった。

「今日はしっかり母さんを安心させてやってくれ」

母親の精神状態を保つことだけが、幼いころから自分に課せられてきたことだった。父にとっても次男は、そのための道具でしかなかった。

居間ではなく、寝室へと連れて行かれる。

敷かれた和布団に母は横たわっていた。

その目は、本当に長男なのかという疑いを湛（たた）えている。

基彬は布団の横に正座をして、静かな声で告げた。

「私は、高瀬（たかせ）基彬です」

漢字を明確に思い浮かべながら発音すると、それが伝わったのだろうか。母が顔を歪めた。

「私は兄の高瀬基暁（もとあき）とは、違う人間です」

「モトアキっ！」

父に胸倉を摑まれながらも続ける。

「私が兄の人生を代わりに生きようとしたのは、そうでなければ生きていてはいけないのだと思いこんでいたからです。三十二歳になるまで、それに雁字搦（がんじがら）めになっていました」

母が上体を跳ね起こして、白い顔を横に振る。

「違うのよ。あなたは思い出せないだけなの。母さんにはわかる。だって、母親だもの」

できれば、母の幻想を守ってあげたかったという気持ちはある。

たとえ代用品でも、母に微笑（ほほえ）みかけてもらえれば、嬉しかった。嬉しいからこそ、少しでも兄ではないと認定される言動を取ることを恐れた。

完璧でなければならないという強迫観念に囚われ、薄氷を踏む思いで一日一日を生きていた。

――もう、あの頃には戻れない……戻らない。

受け入れてもらえなくても、こうして顔を合わせて、きちんと伝えておきたかった。

「私は大切な人と出会い、高瀬基彬として生きられるようになりました」

「……、……」

母が両手で顔を覆い、悲鳴のような嗚咽を漏らす。

父が慌てて母の両肩を手でさすり、基彬に失望の眼差し（まなざし）を向けた。

「出て行ってくれ」

基彬は両親に深く頭を下げてから、寝室を出た。しばらく廊下に立って様子を窺っていたが、今日の母は錯乱状態にまでは至らなかった。そのことに意外さと、深い安堵を覚える。

七ヶ月前に離婚が発覚し、以来、実家からの定期便は途絶えていた。

完璧な高瀬基暁でなくなってしまったことで、もしかすると母のなかで、ある種の諦めが芽吹き、育っていたのかもしれない。

基彬は外に出て、生まれ育った家を見る。

東京に行ってからもずっとこの家に縛りつけられていた。でもそれは両親が自分を縛っていたという以上に、自分が自分を縛りつけていたのだろう。

「私は、高瀬基彬だ」

ここではない場所に、身も心も置きどころがある。

もしもいつか、母が二番目の息子の存在を受け入れられる日が来たら、基彬として話をしたいと思う。けれども、それを期待して待つことはしない。

自分の居場所へと、基彬は帰った。

マンションの玄関を開けたとたん、カレーのいい匂いが漂ってきた。

タスクが廊下に出てきて迎えてくれる。

「おかえり。実家はどうだった?」

気遣う顔で訊かれて、基彬はすっきりとした笑みを浮かべた。

「ケジメをつけられた」

「そうか。よかった」

靴を脱いでリビングに向かいながら基彬は尋ね返す。

「そっちはどうなんだ?」

「鍛えてるつもりだったが、ブランクを埋めるのに必死だ」

怪我が完治したタスクは半月前に、中場(なかば)群長の口利きにより、陸上自衛隊特殊作戦群に復職した。

いまは習志野(ならしの)駐屯地近くにある自衛隊宿舎で暮らしている。

こうして会うのは半月ぶりだ。

「……」

基彬はリビングの入り口で立ち止まると、むずむずする掌をタスクの頬にひたりと当てた。

「なんだ?」

目をしばたたくタスクに、正直に答える。

「触りたくて仕方なかった」

タスクが照れ笑いを浮かべたかと思うと、両腕を基彬に回してきた。正面からがっつりと抱きこまれる。

「自分も基彬に触りたくて、何度も宿舎から抜け出そうとした。来週からの正月休みは、ここで過ごす。自衛隊の正月休みは長いからな」

「嬉しい。楽しみだ」

素直に気持ちを口にしながら、基彬もタスクの背中に手を回す。そして気が付く。

「……身体が大きくなったな?」

「追いこみまくってるからな。あとでたっぷり見せてやる」

いますぐ見たい欲が湧き上がったが、腹が鳴って、タスクに笑われながらダイニングテーブルにつく。

自衛隊カレーに腹のなかから温められる。

至れり尽くせりで、食後は用意されていた風呂に浸かった。湯の圧がじんわりと全身に沁み渡る。バスタブの縁に項を乗せて、湯気を見上げる。

まるで平和な日常のなかにいるかのようだ。

でも、それは違うのだと、いまの自分はもう知ってしまっている。

中場群長が言っていたとおり、陸上自衛隊特殊作戦群が私設戦闘部隊を制圧したことや、塔(とう)

坂稔がテロ行為を指揮していたことがメディアに載ることはなかった。

塔坂が経産省を辞めて姿を消したことは、一時期ネットで話題になったものの、アメリカに戻ったらしいという誘導工作がおこなわれ、自然と収まっていった。

――隠蔽……また、隠蔽、か。

一連の事件を思うとき、基彬はまるで刻々とかたちを変える有機体の迷宮に足を踏み入れたような心地になる。塔坂ですら、その迷宮に呑みこまれていった。

彼との会話が思い出された。

『……向こうで、なにがあった？　いつからそんな考えになったんだ？』

『違うね。考えが変わったから、向こうに行ったんだよ』

辞める最後の年度、塔坂は大臣官房政策評価広報課に在籍していた。

いまは政策評価広報課と情報システム厚生課は統合されて業務改革課となっているが、当時は経済産業省がおこなった政策の評価結果を取りまとめ、公表する業務を担っていた。

そこで彼の心が致命的に損なわれるような……たとえば良心を握り潰さなければならないような隠蔽や捏造の指示があったのではないだろうか。

――私が自分のことばかり考えていないで、あの頃の塔坂のことを気にかけていれば、もしかしたら違ったのか……。

塔坂自身は姿を消したが、パラシフ派のなかには塔坂によって蒔かれた苛烈な改革の種が育ちつづけている。

基彬は塔坂が抜けた穴を暫定的に埋めるかたちで、時期外れの異動となり――おそらく芙未(ふみ)が責任を感じ、父である事務次官に口添えしてくれたのもあるのだろう――、産業政策局に先月から戻された。

異動前に、町工場プロジェクトの引き継ぎをした後任とともに、ふたたび一丸となることを決意してくれた十七人の社長たちと会い、安心してもらえるように説明を尽くした。基彬が進めていた立て直し計画も後任が進めてくれることとなったが、パラシフ派の妨害がはいらないように目を光らせていくつもりだ。

湯船のなか、基彬の身体は緊張を帯びる。

パラシフ派の今後の動きと、官庁街の底で蠢動(しゅんどう)している変革がどのような姿のものであるかを見極め、必要とあらば対峙しなければならない。

それはタスクの胸にあるものと酷似しているに違いない。

タスクが陸上自衛隊特殊作戦群に戻ったのは、中場群長の動きを監視する必要があると考えたからに違いなかった。病室を訪れた群長を見送ったときのタスクの横顔には、厳しい警戒心が表れていた。

バスローブを羽織ってリビングに戻ると、タスクが手持ち無沙汰にトレーニングをしていた。

上半身裸の姿で、左右に腰を捻じる腹筋運動をしている。もっとも負荷がかかるようにみずからを攻めていく姿勢は相変わらずだ。動くたびに苛められている筋肉が浮き上がる。

背筋にゾクゾクしたものを覚えながら、基彬はリビングの明かりを消した。

大きな窓ガラスに映りこんでいた室内が消え、夜景の光が浮かび上がる。

タスクのところまで歩くうちに目が暗順応してくる。ひんやりとした月明かりに、動きつづけるタスクの姿が照らされる。

基彬は跨るかたちで、その下腹に座った。

「ちょうどいい重石だ」

タスクがいたずらっぽい笑みで言いながら、上体を右に左にひねる。

人体はどこまでも機能的にできている。そのさまを見ていると、安堵感と欲望が湧き上がってくる。

基彬は半眼でタスクを見下ろしながら、手を伸ばした。

盛り上がっている胸筋を指先で辿る。

ぷっくりとしている乳首に触れたとたん、タスクの動きが乱れた。そして指から逃げるように身をよじり、さらに動きつづける。そうしながらも、黒い眸は早くも期待に濡れはじめていた。

タスクの両脇に手をついて、基彬は背を丸める。

胸の粒を咥えると、動きが止まった。

「う…」

もともと胸が弱いが、おそらくこの半月、自慰すらしない禁欲生活を送っていたのだろう。唇の狭間で乳首がコリコリとして、それと同時に脚の狭間に当たっている器官が膨張し、強張っていく。

乳首を吸うと、タスクの手が基彬の後頭部に回され、もっととねだる。

掌で腹部に触れてみる。上体をわずかに起こしたきつい体勢のまま筋肉がわなないていた。

タスクが片手で自身のベルトのバックルを外す。基彬が少し腰を上げると、スラックスの前が開けられ、下着が下げられた。

基彬のバスローブの裾が後ろから捲られる。

会陰部をじかにペニスで押し上げられるなまなましい感触に身震いしながら、基彬は忙しなく粒を舐め叩く。

タスクが背中をきつく床に押しつけた。

「……基彬」

擦れ声で名前を呼ばれて、乳首を甘噛みする。

「あ…っ…く」

自分の下で逞しい肉体がもどかしげに蠢く。

噛む力をじわじわと増していくと、タスクの身体が強張りだした。

脚の狭間にペニスを擦りつけられて、基彬は思わず腰を浮かせてしまう。すると両手で腰を摑まれて押し戻された。会陰部をドクドク脈打つ幹でみっしりと埋められる。

昂(たかぶ)る欲のままに乳首をきつく噛むと、タスクが腰をグッ…グッ…とつらそうに突き上げた。

「う、ぐぅ」

射精する瞬間、タスクが腰の位置をズラした。

後孔に押しつけられた亀頭が蠢きながら、襞をこじ開ける。ほんの先端だけ受け入れさせられた状態で、熱い粘液をドクドクとなかに射ちこまれていく。

「は…」

乳首から歯を外して、基彬は切なく腰をくねらせた。

種が届かなかった奥のほうが、もの欲しげに収斂(しゅうれん)して、つらい。

「……タスク」

震える声で呼びかけると、タスクがわかってくれる。

腰を摑まれ、ゆっくりと下げさせられていく。

「あ、あ…っあ…」

ほぐれていない粘膜は苦しさを覚えながらも、タスクのものに触れられる歓喜にざわめきつづける。根元まで含むと、身体が芯から粟立ち、基彬はぶるりと身震いした。

タスクが深呼吸をしてから上体を起こす。

自然に唇が重なり、互いの舌を味わうように舐めては噛む。

タスクの胸に両手を這わせると、手首を摑まれた。

「そこは、もういい」

「どうしてだ？　気持ちいいんだろう？」

タスクが眉間に皺を寄せる。

「自分は、気持ちよくなっている基彬を見たい。あまり触られると、訳がわからなくなる」

彼らしいストレートな言葉があまりに可愛くて、基彬は肩を震わせる。

「ふ…は」

笑ったせいで腹部が締まり、体内深くに埋まっているもののかたちを体内でゴリゴリと感じ取る。腹筋が内側から捻じれるような感覚がこみ上げてきて、基彬は唇を半開きにすると、浅くて速い呼吸を繰り返す。

粘膜が蠕動してタスクのものにねっとりと絡みつくのが自分でもわかって、顔が焼けつくように熱くなる。

黒い眸が食い入るように、間近から見詰めてくる。

いまや月明かりは眩しいほどに感じられていた。

バスローブの紐をほどかれて、前を開かれる。

自分の身体を見下ろす。

胸も腹部もまるで嗚咽を漏らしているかのように小刻みにわなないている。下腹部で反り返ったものがつらそうに頭をときおり振っては、透明な蜜を垂らす。開いた腿が引き攣れて、足先がぴくんと跳ねる。

タスクが片手で後ろ手をつき、少し距離を開けて基彬の姿に改めて視線を向ける。そうしながら、もう片方の手を伸ばしてきた。

視線に首筋から胸までをなぞられる。その経路を中指の腹がやんわりと後追いする。

右胸の尖り（とが）を見詰められる。それだけでジクジクとしてくるのに、そこに指を載せられた。皮膚の硬い指先で、やわやわとそこをくじられる。粒が凝り（ここ）きると、それを親指と中指で摘まれて転がされた。

たっぷりと右の乳首をいじってから、今度は視線が左の乳首へと向けられる。指が右胸から左胸へと移り、粒を陥没させるように胸に押しこんでは、弾き上げる。

乳首を弾かれるたびに、自分のペニスがじかに弾かれているかのように根元から揺れるのを基彬は見る。

「いま、なかがどうなってるか、わかるか？」

尋ねることで、意識を体内に向けさせられる。

「……ヒクヒク、してる」

愛(いと)おしそうな声でタスクが囁く。

「そうだ。自分のに絡みついて、ヒクついてる」

その言葉だけで達しそうになって、基彬は眉をひそめて訴えた。

「もう、見てくれ」

わかっているくせにタスクが乳首をいじりながら訊いてくる。

「どこをだ？」

「だから――」

タスクを買いはじめたころは口にできた言葉も、いまは妙に気恥ずかしい。唇を噛んでそっぽを向くと、夜景が視界いっぱいに広がった。

いくら室内が真っ暗で外からは見えないといえど、あまりにも節度がない。

思わず難しい顔をしてしまうと、タスクが脇腹に触れてきた。達川に撃たれた左脇腹の傷痕を撫でられる。

「お揃いだな」

基彬はタスクの右脇腹の紅(あか)い花のような傷痕を見る。

「タスクに近づけて、嬉しい」

そう告げると、タスクが目を伏せたまま照れくささそうに微笑んだ。

この顔がとても好きだと思う。

「……自分も、基彬に近づきたい」

「私に？」

視線で眼球に触れられる。

「基彬は、いい人間だ」

前にもその言葉をタスクは言ってくれた。

「自分は基彬に釣り合う、いい人間になりたい」

自分の余裕のなさも身勝手さも、自分が一番よくわかっている。

それでもほかでもないタスクがそう感じてくれているのならば、まっすぐ受け止めることができる。

「……その私は、君が私のなかから掘り起こしてくれたものだ」

タスクと出逢わなければ、高瀬基彬になることはできなかった。

「ありがとう、タスク」

黒く光る目が細められ、ゆっくりと視線を下げた。

その視線のあとを指が追う。

ペニスへと視線が溜められ——もう限界を迎える直前に、皮膚の厚い指先がざらりと先端の目を縦に撫でた。

「ぁん…ああ、ぁ…ぁ」

噴き出す白濁が指にぶつかり、飛び散る。
深すぎる快楽に耳鳴りがする。
それは湖に降りそそぐ雨の音に似ていた。
ホワイトノイズに包まれながら、基彬は自分を誕生させてくれた男に抱きつく。
この世でもっとも信じられる逞(たくま)しい腕が、それに応えてくれた。

あとがき

こんにちは。沙野風結子です。

本作は社会的なあれこれの皮を被ってみているものの、大人の男受けとストリップ攻めを描きたい！　がメインとなっております。

もうむしろ裏テーマが本筋になっていると言っても過言ではありません。ちなみに今回の裏テーマは終盤に出てくる双頭のアレです。あそこに辿り着くために話が積み上がっています。

基彬は生を享けたその時からすでに重いものに縛られていて、不自由に自滅しています。

タスクもまた過去からの重いものをかかえて堕ちています。

そんなふたりが交わることで、その先が拓けていきます。

基彬はタスクに出逢わなければ塔坂に呑みこまれていたに違いありません。

タスクもまた基彬に出逢わなければ心的外傷に雁字搦めになったまま、中場に対して無批判な都合のいい歯車になっていたことでしょう。

塔坂は壊れていますが、ある意味、誰よりも志と能力が高かったゆえに壊れてしまったのでは。基彬がずっと一緒にいてくれたら、あるいは違う分岐もあったのかもしれません。

そんな人ばっかりのなか、小久保の健やかさが眩しかったです。

イラストをつけてくださった小山田あみ先生、凄まじく色気と雰囲気のある表紙を本当にありがとうございます！　画面全体にふたりだけの濃密さが詰まっていて、心を奪われまくってます。執筆中、頭のなかで先生の絵が動いていたので、担当して頂けて幸せでなりません。

担当様、このような好き放題な話を書かせてくださって感謝しきりです。

出版社様、デザイナー様、本作に関わってくださった関係者の皆様、お世話になりました。

そして最後になりましたが、この本を手に取ってくださった皆様に深い感謝を！

モットーである「真顔で変なことをする」をやり遂げた今作、あそこでもここでもどこでも、なにかしら愉しめる部分があってくれたら本望です。

（近いうちに後日談ＳＳをプライベッターに上げたいなと思っていますので、興味のある方はツイッターかブログをチェックしてみてくださいね）

＋沙野風結子 @Sano_Fuu ＋

風結び＋ http://blog.livedoor.jp/sanofuyu/ ＋

この本を読んでのご意見、ご感想を編集部までお寄せください。

《あて先》〒141－8202　東京都品川区上大崎3－1－1　徳間書店　キャラ編集部気付
「なれの果ての、その先に」係

【読者アンケートフォーム】
QRコードより作品の感想・アンケートをお送り頂けます。
Chara公式サイト http://www.chara-info.net/

■初出一覧
なれの果ての、その先に……書き下ろし

Chara

なれの果ての、その先に

……………………【キャラ文庫】

2021年11月30日　初刷

著者　沙野風結子
発行者　松下俊也
発行所　株式会社徳間書店
〒141-8202　東京都品川区上大崎 3-1-1
電話　049-293-5521（販売部）
　　　03-5403-4348（編集部）
振替　00140-0-44392

印刷・製本　図書印刷株式会社
カバー・口絵　近代美術株式会社
デザイン　おおの蛍（ムシカゴグラフィクス）

ISBN978-4-19-901049-1